中公文庫

青二才で候

吉森大祐

中央公論新社

目次

青二才で候《そうろう》

土砂降りに傘をさして

「それで——。此度《こたび》の江戸在勤の間に、御家《おいえ》を出るための、伝手《つて》を求めたいというのか」

「そうです」

澤村甚九郎《さわむらじんくろう》は言った。

江戸は下町、神田松枝《かんだまつえだ》町の貧乏町人が住む裏店《うらだな》。

四畳半の狭苦しい長屋の一室の天井《てんじょう》から、所せましと傘の骨が吊《つ》り下げられている。

「もう、やってられません。先だっての百姓どもの一揆《いっき》も、全部、わたしたちのせいだって言うんですよ」

この部屋の主《あるじ》である小川吉右衛門《おがわきちえもん》は、つぎはぎだらけの着物を着て、月代《さかやき》も髭《ひげ》も伸び放題。

ひどい格好で甚九郎の話をふんふんと聞いていた。

今は浪人となった故郷の道場の大先輩だが、貧乏が染みついて傘張りの内職もすっかり板についている。

着物のあちこちに、傘張りをするための糊《のり》がこびりついているが、妙にそれも似合っていた。

「――しかし、その若さで浪人生活をするのは勧めぬ。厳しいぞ」

糊じみを、ぺりぺりと引きはがしながら、小川は、言った。

だが、甚九郎は、

「厳しいものですか。こちとらもともと十五石十二人扶持（四十二石相当）の貧乏ザムライで、しかも次男坊です。がきの頃から稗《ひえ》や粟《あわ》ばかり食って育ったンだ。貧乏には慣れたものです」

と、血気盛んである。

「十五石だろうが四十石だろうが、御家の肩書があるのとないのとでは大違いなのだ。浪人者の先輩の俺が言うのだから間違いがない」

「何を言っておるのですか。小川吉右衛門といえば、安濃津《あのつ》（現 三重県津《つ》市）岩井《いわい》左衛《さえ》門《もん》道場においては押しも押されもせぬ塾頭にして師範代。近隣に聞こえた偉丈夫だったではありませんか」

「それは昔だ。今は主家を離れ、浪人をかこっておる」

「道場に出ればいいではありませんか。小川さんなら、なまっ白い江戸ザムライのひとりやふたり、軽く蹴散らすことができましょう。ちゃんと切紙《きりがみ》をもらったわたしが、かなわないほどの腕なのだから」

「そうはいかないのが世の中だ。そんな簡単にはできておらぬのだよ」

「情けない」

「そう言うな。それより俺は、この傘の紙をちゃんと貼って、親方のところに納めねばならぬのだ」

小川吉右衛門は、うなじのあたりを搔《か》きながらそんなことを言う。

甚九郎は、頰を膨らませて不満げに言った。

「――いったい、なにをやっているのですか。江戸はそもそも、武道の盛んな土地柄ではありませんか。この町であれば、いくらでも剣で身を立てることができる。これは、田舎《いなか》におっては到底できないことです。小川さんほどの腕があれば、なんとでもなるでしょう！」

「それが、最近、この傘張りが面白くてなあ」

「情けないことを言わないでください！」

甚九郎は、湿った畳を叩《たた》くように言った。

「なにしろ、小川さんは、わたしにとって江戸では唯一の伝手なのですから。頑張ってください」

「もう頑張りたくないのだ。俺のことなど捨てておけ。それに貴様はまだ藤堂《とうどう》家の家臣ではないか。腐っても和泉《いずみ》橋に長屋があるだろう。せいぜい励め」
「ですから、今度の騒動で、わが伊賀衆《いがしゅう》はさんざんに隅においやられておるのですって。まともな仕事なんか、ありゃしないんですから」

甚九郎の言葉には多少説明がいるだろう。

甚九郎の澤村家は、歴代伊勢《いせ》国津藩藤堂家の家臣であるが、譜代《ふだい》ではない。

元は隣国伊賀の国衆で、慶長二十年の大坂の陣のあと、二代将軍徳川秀忠《とくがわひでただ》公の命令で安濃津城を拠点とする藤堂家配下に組み込まれた一族なのである。あれから百八十年も経《た》ったというのに、藤堂家においていまだ『外様《とざま》』の扱いで、何かと軽く扱われている。

立場が弱いので、何かあると責任を押し付けられがちだ。

此度の騒動もそうである。

財政窮乏に苦しむ藩に、分家から入って当主となった現藩主の藤堂高嶷《たかさと》は、家政の行き詰まりを打開すべく、改革に着手した。

時は寛政で、幕府の方針は緊縮自粛だ。

これ幸いと、その流れに便乗し、自国領地においても倹約、文武の奨励、綿布《めんぷ》梅干《うめぼ》しなどの殖産、商家への徳政など、次々と施策を講じた。

伊勢の民は、まあ、近年のお家の窮乏を考えれば仕方があるまいと、最初こそ不満を言いながらも従ったものだが、調子に乗って発表した農地改革の計画が藩内に知れ渡ると、農民の不満が爆発することとなった。

安濃津地割騒動《じわりそうどう》と呼ばれる一揆が発生し、武装の暴徒が城下町になだれ込む事態となったのである。

「――農政改革は、百姓どもにとって良策であるのに！　無学な愚民どもは手に負えぬ！」

高嶷は激怒したが、そういう問題ではなかった。

ひとびとは、政策の良否などは気にしない。

ひとえに、改革疲れによる政治不信と、施策を実行する藩役人の高飛車《たかびしゃ》な態度が、民衆の反感を買っていたのだ。

確かに改革の中身は、大地主から農地を取り上げて小作農に配るという、いわゆる均田制であったわけで、貧富の差を縮小する良策であったわけだが、そんなことは農民にはわからない。いつもお世話になっている地主様が怒っているのだから、悪いことに違いない、ぐらいの感覚である。そのうえ農民は、楽しみに積み立てていた秋祭りのための醵金《きょきん》まで召し上げられていたのだ。

「ふざけるな！」

というわけで御殿《おんとの》の高邁《こうまい》な理想に基づいた改革は頓挫《とんざ》し、藩財政はさらに悪化するに至った。

こうなると困るのは、非生産民であるサムライである。

農民一揆に押されて、これ以上、年貢は増やせない。

改革はまったく進まない。

ここに至り、藩は、下級武士の『解き放ち《リストラ》』を画策し始めた。

つまり、人減らしである。

財政窮乏ともなれば、ひとりでも藩士が少ないほうがいい。

春先に下級武士の一部に暇《いとま》が出されると、藩内には衝撃が走り、息もつまるような重苦しい空気がサムライたちの間に充満した。

藩士たちの扶持米は借上げ（遅配）となり、領地も一部召し上げになった。しかし誰も文句は言えない。藩の上層部は、誰かを馘《くび》にする口実を探している——。

こうして、主に外様である非主流派の下級武士に対して、藩は真綿でしめつけるような嫌がらせを押し付けてくるに至った。

このたびの澤村家への江戸藩邸出仕の命令も、その流れの中で起きたことと推測される。

ある日、澤村家当主で、甚九郎の兄である澤村幸盛《ゆきもり》宛に、本城から呼び出しがあった。

「兄上。御家の危機です。毫《ごう》ほどの不満も表してはなりませぬぞ」

甚九郎は言った。

「心得て居る」

こうして、兄は、藩中老の粟屋忠宗《あわやただむね》より江戸藩邸出仕の内示をうけた。

これは、ありがたき幸せ、と平身低頭して受けるしかない。

さて、困ったのは澤村家である。

当主の兄、澤村才蔵《さいぞう》幸盛は病弱であり、子がいなかった。

養子は選定中というわけで嫡男がない。

兄はわずかな伝手と蓄えをもって、重役への賄賂《わいろ》などの運動を行い、舎弟である甚九郎を『見立て養子』として申請のうえ、代理として江戸和泉橋の藩邸に出仕させることで、藩の内諾を得たのである。

甚九郎が江戸に向けて出立する日、兄は病身を正装に包み、弟を送別した。

「苦労をかけて済まない。江戸藩邸では奥役を務めることになる。武役であり、新陰《しんかげ》流の切紙まで進んだ貴様には不満もあろうが、なんとか大事《だいじ》なく勤めあげてほしい。今、我が家を含め、伊賀衆は極めて難しい立場にある。わしも国元で頑張る。養子が決まるか、妻が身ごもれば、すぐにお役目も代われるであろう」

そう言った兄の頬が、げっそりと痩せているのを見て、甚九郎は思った。

（こんなくそったれの御家など、こっちから辞めてやる！）

どうせ自分なぞ、後継ぎが見つかるまでの臨時雇いだ。

養子が見つかれば家はそっちが継ぐし、自分など余計な食い扶持である。

そもそも、亡父や兄の苦労を見れば、家督を継ぐなど、頼まれたってまっぴらだ。

一刻も早く他で仕事をみつけて武家を辞め、自由に生きたい。

兄が自分を後継にしないのも、そんな自分の心根を知ってのことである。

(考えてみれば、これはいい機会だ)

甚九郎は思った。

そうだ。

自分の目指すべき理想は、武芸の師匠だ。

幸いにも自分には剣術の腕がある。

江戸で名をあげ、どこかに道場を開き、余計なお役目など背負わずに、自由に生きていく――。

この狭い安濃津であれば、下士の自分が何か始めればすぐに噂《うわさ》になって潰されてしまう可能性もあるが、江戸へ出れば広い世界が待っている。

せっかくだから、在府のうちに隙を見て、次の生計《たつき》のあてを見つけてやる。

そんな存念を心に抱きつつ、甚九郎は江戸に出たのである。

そこで思い出したのが、小川吉右衛門だ。

小川は、十も年上ではあるが、かつて城下の岩井左衛門道場の師範代であり、気の置けない先輩でもあった。

　この小川が、城下町の酒場で騒ぎ、たまたま近くにいた娘を捕まえ、けしからぬ行為に及ばんとした藩重役のバカ息子をブン殴り、城下を出奔《しゅっぽん》したのが三年前だ。今は、江戸のどこかで剣客として生きているはず。

　花のお江戸の道場は百花繚乱《ひゃっかりょうらん》。

　腕のいい剣士は引っ張りだこと聞く。

　小川ほどの腕前であればきっと、楽しく元気にやっているに違いない。

　江戸に行ったら、小川さんと合流して、面白いことをやってやる！

　そう思って、藩邸に着くと、荷もとかずに、すぐに江戸の町を探し回ったわけなのだ。

　意外にも、小川はすぐに見つかった。藩邸の下士に、伝手があったのだ。

　だが、こうして見つけた小川吉右衛門は、かつての颯爽《さっそう》とした青年剣客の面影などまるでなく、町人向けの貧乏長屋の路地で、おかみさんたちと朗《ほが》らかに世間話をしながら、内職の傘張りに励んでいたのである。

「――ともかくな、甚九郎。悪いことは言わぬから、辞めるなどといわずに、いましばらく頑張ってみよ。ともかく、こんな狭い部屋にお前を泊めるわけにいかぬ。見ろ、ここは内職の傘でいっぱいだ。お前は、藩邸の長屋に帰るのだな」

　その言葉に、甚九郎は不満であった。

◇

あてがはずれた甚九郎は、和泉橋の藤堂家上屋敷に戻った。

小川吉右衛門が住む松枝町の長屋からは、神田川を渡ってすぐの近さだ。

ただ、屋敷とはいっても、天下の藤堂家、三十二万石の大身ともなると、その敷地は一万五千坪を超える規模である（注　東京ドーム一個あまり）。

小さな堀を渡って門から入れば、そこは一つの町のような広さであった。

甚九郎があてがわれた部屋は、長屋門につながっている、外の路地に面したいわゆる『武者《むしゃ》長屋』の一つで、外に明かり取りの窓を設けた小さな三坪である。

まあ、屋敷の中でも最低部類の部屋であろう。

御家の自分の扱いも分かろうというものだ。

そのうえ、ぱっとしない御奥役の在府の武士、大高《おおたか》左衛門《さえもん》というオヤジが上役としてあてがわれていた。これが、見るからに鈍重そうな、はっきりしない小太りの中年男で、出会ったときは、尻をからげて七輪でメザシをやいていたものだ。

丸い顔に細く吊り上がった目。

でっぷりと腹が出て、まるで下っ端の相撲《すもう》取《と》りのような容貌である。

「こら、澤村。なにをやっておったのだ」

大高は、草履《ぞうり》を鳴らして帰ってきた甚九郎の顔を見るなり、居丈高に言った。

「今日の午後には、おかみにお目通りだと言っておいたではないか」

この場合のおかみとは、これから藩邸で、御守役につく奥方への挨拶である。

「あれ、そうでしたっけ。忘れておりました。これはいけない」

「急いで支度《したく》せよ」

「わかりました」

こうして連れて行かれたのは、広大な屋敷の北東の端。

庵《いおり》のような、小さな離れの一角だった。

その名も己丑《きちゅう》庵。

狭いが整えられた庭があり、小体ながら勝手口もある。

ここに住む御殿《おんとの》の脇腹の小娘に、これから甚九郎は守役として仕えるのである。

はっきりいって、老人がやるような閑職だ。

「わかっておろうが――」

離れまでの長い路地を歩くうちに、大高は言った。だが、そう言われても正直な話、甚九郎は何もわかっていない。故郷を出る前にいろいろ説明されたが、興味がないので頭に入らなかったのである。

「日《ひ》奈《な》姫様は、少し変わっておられる」

「はあ」

「お育ちが、町方《まちかた》なのだ――。武家の教育《おしえ》は受けておらぬ。多少、なんというか、武家の流儀に不慣れでいらっしゃってなあ。さすがに、これではいかぬというので、毎日、お花やお茶といったお作法の稽古を、連日一生懸命うけておられる」

「へえ」

「ともかく、まあ、いい。すぐにわかるであろう。姫様は、お前の挨拶をお待ちだ」

言いながら大高が、己丑庵の枝折戸《しおりど》を開けると、すぐにお付きの老女らしき中年女が近づいてきて、大高と挨拶を交わした。

「山本《やまもと》殿」

山本、と呼ばれたその女は、背筋が伸びて矍鑠《かくしゃく》としてはいるが、すでに髪には白いものが混じった薹《とう》の立ったおばさんで、多少鷲鼻《わしばな》気味の鼻筋といい、への字に曲がった口元といい、いかにも手ごわそうだった。

「お待ちしておりました」

庭先から離れに案内される。

すると、日奈と呼ばれるその娘は、桜色の派手な小袖姿で、部屋の壁に襖《ふすま》を立てかけて的《まと》を書き、そこに小刀を投げて遊んでいた。

部屋の隅には、下女らしき娘がふたりほど、ちんまりと座っている。

「えいっ！」

日奈が小刀を投げると、襖の的に、ぶすり、と刺さる。

「お見事！」

「あたりー」

下女たちが手を叩く。

「待て、待て。的の中心を外しておるではないか。はずれだ。こりゃいかんな。もっとうまくなりたいもんだわ」

そう笑う日奈に、さきほど山本と呼ばれた女が、

「姫様――。新しい御守役がご挨拶にまいってございます」

と言った。

大高と甚九郎は、庭の踏み石のうえに片膝をついて頭を下げ、待っている。

「ふうん――。またか。何人目かの」

日奈はそう言うと、ふん、と鼻を鳴らして、

「面倒だの」

などと呟《つぶや》きつつも、裾を整え、上座に座る。

山本は、大高と甚九郎に、縁にあがるように指示した。

ふたりは、縁にあがり、板の上に平伏したあと、書院に進んだ。

すると日奈は、

「なんと——若いではないか。初めてだな、年が近い御守役は。面《おもて》をあげてよいぞ」

と言った。

甚九郎は顔をあげ、驚いた。

日奈と言われる娘は、ひどく美しかった。

目は切れ長で鋭く、鼻は小ぶりだがしっかりと筋がとおり、唇は桜色で引き締まっている。やや厳しい顔つきであるのが惜しかったが、皺《しわ》ひとつない滑らかな肌は、輝くようだ。

大高は言った。

「姫様——。先だっての御守役が、姫様のお眼鏡《めがね》にかなわなかったとのこと、報告をいただきました。ご所望の新しい警護役が、国元より入府してございます。以降、この者が、拙者とともに姫の御身を守りまする」

「ふん。守るもくそも——」

と日奈は言った。

「こんな屋敷に閉じ込められて、外にも出られぬ。どこであたしを警護しようというのだろうかね」

「御殿のお許しが出ておらぬのです。しばしの御辛抱《ごしんぼう》を」

「御父上は、国元にいるのであろう。いつあたしは外に出られるのだ？　芝居町に行って、歌舞伎芝居が見たい」

すると横から、山本と呼ばれた女中頭らしき老女が、刺すように言う。

「日奈様——。あなた様はもう、日本橋の問屋の娘ではございません。藤堂家三十二万石の姫君ですよ。この屋敷に入って、もうずいぶん経つのだから、いい加減慣れてください」

「なによお」

日奈はぷっと頬を膨らませる。

そして、

「貴様は——」

甚九郎を見て言った。

「剣術を成すのか」

「は。安濃津《くにもと》の新陰流の道場で切紙を得ましてございます。しかし御家の専門は、砲術にございます」

「なに、砲術」

横から大高が進み出て補足する。

「このもの、伊賀十五家のうち、澤村家の次男にございます」

「伊賀——」

日奈は、考えるような仕草をした。

「ふうん。なるほど。前田《まえだ》内匠頭《たくみのかみ》め、ようやくわたしの要望をそれでも容《い》れてくれたものか——伊賀十五家といえば、忍者ではないか。わたしは内匠頭に、忍者を連れてこいと言ったのだ」

前田内匠頭とは、国元の御殿の覚えよろしき江戸家老の名前である。

白髪まじりの物静かな五十男だった。

「忍術で、なにを得意とするのだ？」

この下問に対し、甚九郎は慣れた感じで答える。

澤村家の人間は、よく聞かれる話なのだ。

「ははは。ご冗談を。違います。戦国の世が終わり、もう二百年近くになります。確かに家系は伊賀でございますが、澤村の家はすでにサムライ、すなわち士分でございます」

「ふうん」

日奈は、つまらなそうに、甚九郎の顔を舐《な》めまわすように見た——。

（生意気そうな女——）

甚九郎は思った。

確かに美しいが、どうやらそのあたりの武家の姫とはどこか違う。

なんだか育ちも悪そうで面倒くさそうだ。

御家のためにも、田舎の一族のためにも、大過なく役目を果たさねばなるまいが、思ったよりも大変そうだな。

ふと脳裏に、やせ細り、目に涙を浮かべて、

「甚九郎、頼むぞ」

と、見送ってくれた故郷の兄の顔が浮かんだ。

兄貴、早く養子を見つけて、そいつにこの役目を渡す手配をしてくれ。

それまで頑張るから……。

◇

そして、その日の夜のこと、驚くべきことが起こった。

長屋で寝ていた甚九郎は、夜風を頬に感じた。

ふと、目をあける。

で、驚いた。

そこに、蠟燭《ろうそく》を持った女が座っていたのである。

「げげっ」

声をあげそうになった甚九郎の口を、女が、手ぬぐいのようなもので、ぐっと押えた。

声が出ない。

暗闇にその整った顔を必死で見る。

この顔は？　どこかで見たぞ。

「わたしじゃ。日奈じゃ」

「！」

驚いた。

武家屋敷の中だから、治安は守られているし、屋敷のあちこちに常夜灯があり、真っ暗ではない。とはいいながら、姫の身分で勝手に寝所から出てふらふら出歩いていいわけもなかろう。

「澤村――」

「は」

「貴様、本当に忍者ではないのか」

「は――むぐむぐ、むぐむぐ」

「あ、すまぬ。手を外す」

「姫様」

甚九郎は跳ね起き、まずは平伏した。

「なんということを」

「ああ、すまぬ。それから、その姫様っての、なんとかやめてもらえぬかな。あたしにゃ、日奈てえ名前があるんでね」

「は、はあ」

「あたしが江戸家老の前田内匠頭に、御守役につけてくれと頼んだのは忍者なのだ。やっと国元から新しい士《もの》が送られてきたと聞いて、あ、こりゃァ、あれだな、と内心喜んだものだが、貴様本当に忍者ではないというのか。実は隠していて、みんなの前では言えないとか、そういうことではないのか。密《ひそ》かに確かめに来た」

「な、なんと」

「どうだ、どうだ。他《ほか》には誰もおらぬ。言ってみよ」

「に、忍者ではございません」

「ほんとうに？」

「はい。確かに澤村家は伊賀十五家のうちのひとつですが、今は違います」

「なに、それ」

日奈は、暗闇で肩を落とした。

「がっかり」

「確かに、伊賀衆は忍者じゃとからかわれることがあります。ですが、わが澤村家は、慶長二十年に御家の取り立てとなった際、士分となっております。幼き頃に伊賀流と呼ばれる投《な》げ爪《づめ》（手裏剣）はひととおり修業させられますが、なにぶん実戦では使わないわけで、今は剣術のほうがよほどに役立ちます。大人になれば、だんだんとそちらに時間をとられ、忍術には手がまわりません。御殿の前で演武をさせていただくことはありますが、あれも、実はしっかりと脚本《すじ》が決まっております」

「なんだ、忍者の御守が来たら、頼もうと思っていたことがあったのに」

「はあ」

「また前田に言って、差し替えてもらうか」

「ちょ、ちょ、ちょっと待ってください」

甚九郎は、慌てて言った。

「まさか姫様」

甚九郎は言った。

「拙者を、もう馘になさろうと……？」

「悪い？」

「いや、困ります。早すぎます。まだ準備が——」

「なんのこと？」

「あ、こっちの話。ともかく拙者は、安濃津において御殿から澤村家に命じられたお役目を承ったうえで、江戸に出てきております。着任してこんなわずかでお役御免となって故郷《くに》に返されては、御家の不始末になってしまいます」

「つまり、馘になっては困ると」

「我らは、今、お勤めに瑕瑾《かきん》があってはならぬのです」

「ふうん——わかった」

日奈は、そう言うと、立ちあがり、

「でも、あたしの相談には乗ってもらうわよ」

　と言った。

「少なくとも、初めて話が通じそうな、同じ年ぐらいの御守役が来た。今までずっとおじいちゃんばっかりだったんだから。話にならないわよ」

「は」

「さっそく相談したいことがあるから明日——。あ、いや、明日は習字の習い事だったか。明後日の午《ひる》に、辰《たつ》の離れに出仕しなさい」

「辰の離れ？」

「バカね、今日あいさつに来たじゃない。あそこよ」

「はい。己丑庵のことですね」

　甚九郎が下げた頭に、日奈は——。

「せっかく江戸に来たんだから江戸っ子のあたしが、日本橋を案内してあげるわよ。楽しみにしてなさい」

にやりと笑い、ふと長屋を出て行った。

あとにはただ暗闇があり、かぐわしい残り香だけがそこにあった。

◇

「ははは――。お前、日奈姫のお付きになったのか」

「笑いごとではありません。なんですか、あの娘」

松枝町の小川吉右衛門の長屋で、甚九郎は言った。

相変わらず部屋は、内職の傘だらけだ。

小川は、今は藤堂家の人間ではなくなっているが、仲間を通して何らかの伝手があるらしく、家の事情には一通り通暁していた。

「まあ、しっかり勤めるのだな」

そう言いながら小川、傘を張る手を止めぬ。

それを見ながら、甚九郎は愚《ぐ》痴《ち》を続ける。

「勘弁してください。これが男の仕事ですか――。それより、小川さん。剣術道場を紹介してください。江戸在府のうちに、道場に通って、斯界《しかい》の実力者に認めてもらい、人脈を作っておきたいのです」

「剣術かあ——。今の江戸だと、どこになるのかなあ」

「ぜひ、ご教授を」

「無念流、一刀流《いっとうりゅう》、玄武流《げんぶりゅう》——。わしらは伊勢の新陰流だが、この江戸で名をあげようとするなら、あまり無名の流派ではないほうがいいなあ。名流と言われる人気道場に行けば、それなりの人脈も得られるからな」

「そのことです、そのことです」

「しかし、それが面白いかなあ。結局、太平の時代の剣客なぞ、みんな金もうけに夢中な座敷芸連中だからなあ。どいつもこいつも、名をあげて道場の経営を安定させるのに必死。そんな世界で、年寄りどもに褒めてもらって名をあげたところで、やりがいのある男の人生《いきかた》になるものかのう——」

「立ち行かなくなった古い田舎藩の下っ端で、訳のわからない仕事をして年をとってしまうよりましです。人生は一度きり——この体が動くうちに、わが力を世に問うて、名をあげたいと存じます」

「その志は立派だが、いかにも若いなあ」

「といいますと」

「まあ、ともかく、今は、余計なことに気を煩《わずら》わせず、目の前のことを一生懸命やるほうがいいんじゃないのか？」

「はあ」

甚九郎は、不満げである。

「あのじゃじゃ馬娘のわがままを聞くのが、男子の仕事でしょうかねえ」

「俺に言わせれば、立派な仕事だな」

「冗談でしょう」

「仕事だよ。ありがたいじゃないか」

小川吉右衛門は、そう笑った。

「で、姫はなんと言ったのだ？」

「日本橋の蠟問屋《ろうどんや》市松屋《いちまつや》にいる、母親に会いたいと」

「なるほど」

「江戸家老の前田内匠頭には『国元の御殿の御指示で、屋敷から出すわけにはまいりませぬ』などと言われているが、あれは脇腹で出自が悪い自分への意地悪に違いない。町方で幸せに暮らしていたのに、いきなり本当の父親は藤堂の殿様だ、とかわけのわからないことを言われてこんな屋敷に引き取られて。姫だなんだと言われても、嬉《うれ》しくもなんともないわ——との、お言葉です」

「ふうむ」

それを聞いて吉右衛門は、急に眉《まゆ》を曇《くも》らせる。

手を伸ばして甚九郎が屋敷から盗んできた酒に手を出し、きゅっと呑んだあと、痰《たん》の絡んだような声で言った。

「悪いことは言わぬ――。そのことは、すぐに前田様に報告するのだな」

「なんですと」

甚九郎は言った。

「密告しろと？」

「ひと聞きが悪いなあ」

「そうでしょう。私は御守役ですよ。姫が内々で漏らした言葉を、そのまま上役へ漏らせと？　武士の風上にもおけぬ卑怯《ひきょう》なふるまいです。それに前田様は、主流派も主流派。伊勢衆の名門です。そんな奴どもに、伊賀衆の私がサムライとして仁義に欠くことをやれと？」

「まあ、そういきり立たれても困るんだけどね」

小川吉右衛門は、言った。

「日奈姫のご実家は、日本橋に今もある大店《おおだな》でなあ。有名なお店よ。だが、今は昔の店ではない。姫には見せぬほうがいいなあ」

「なんと」

「――まあ、この帰りにでも寄ってみるといいと思うぞ」

小川に言われて、甚九郎は松枝町から南に向かった。

途中で道を聞きながら探したが、店はすぐわかった。

室町《むろまち》三丁目の大通り沿い。

一等地である。

日奈姫の実家は、江戸でも著名な大店だと聞いていた。

その通り。

三井越後《えちご》屋までとはいかなくても、充分に立派な間口で、奥に見える蔵も大きい。

だが、不思議だ。

暖簾《のれん》は出ているが、妙に活気がなかった。

大通りを行き交う人は多いが、店に入っていく人は少ない。

活気のある店は、客だけではなく、小僧から出入りの商人まで人の出入りが激しいはずだが、それがない――。どうしたことだろう。

◇

翌日。

甚九郎は長屋の縁台《えんだい》に座って、故郷の兄からの手紙を読んでいた。

ただでさえ少ない俸禄が借上げになったらしい。

つくづく、伊賀衆の中でも澤村家は、大事に扱われてはいない。天下泰平の世の中では武官の仕事はなかなかない。伊賀軍術と言っても使う場所がないのだ。

屋敷の中で、畑を作り、また名物の梅干しと機織りの内職も増やしたそうだ。

義姉も、姪《めい》も、朝から庭で鍬《くわ》を持って土を耕しているらしい。

貴様も江戸で、何か、よい内職があればやるがよい。

余裕があれば金銭を送れ。

——と、兄は書いてきた。

(無理だよ……)

手紙を読んで、甚九郎は思った。

ふと、吉右衛門の長屋が、内職の傘の骨でいっぱいだったことを思い出した。

あれだって、二束三文の手間賃なのであろう。

（無理も無理、藩士の分際でお役目を果たしながら、町で金《カネ》をつくるなぞ、とても無理だ）

　そこに、上役の大高が、声をかけてくる。

「手紙か――」

　尊大な態度の大高だが、身一つで江戸へ出た甚九郎のことを、それなりに気にかけてくれているようだ。狭い長屋の片隅で工夫して、在府の仲間と一緒に共同の鶏小屋を持っていて、卵が余れば分けてくれる。

　それも一度や二度ではない。

　ずいぶん助かっていた。

　同じ貧しい中でも、江戸の藩邸のほうが余裕があるように見えるのは、江戸は武家の町であり、独り者同士の互助があること――。それに、御家の体面を守るための予算がきちんと工面されていることが原因だろう。

「なんと書いてある」

「国元の俸禄がまた借上げだと」

「ふうむ」

　大高は言った。

「どこも苦しい。なんとかやりくりしながら頑張るしかあるまい」

長屋の前の縁台に座って、腕を組む。

町人の長屋と違って、目の前にどぶなどはないが、物《もの》干《ほ》し竿《ざお》はきちんとある。

独身の若い藩士たちのふんどしが、風に揺れている。

武家の見栄があるので、町の連中には見せないが、内情はこんなもんである。

洗えるモンは自分で洗うのだ。

「この江戸を見ていると、武家よりも町人のほうが元気に見えますな」

「そうだなぁ。先の老中であらせられた田沼意次《たぬまおきつぐ》公は、武家の財政健全化よりも、町人の商売の振興に力を入れた方だったからなァ。その結果、町方《まちかた》はずいぶんと豊かになった――」

「はい」

「田沼様のあとに老中首座に進まれた松平定信《まつだいらさだのぶ》公は、まったく反対の政策――つまり、商売の奨励よりも武家の財政健全化を目指して緊縮財政を取られたわけだが、結果として金のめぐりが冷え込んで、さらにわれわれは貧しくなってしまった。まったくいまいましい」

「そこです――」

甚九郎は聞いた。

「貧しい武家のわが藩が、このご時世に、なぜ商人の娘を引き取ったのですか？」

「日奈様は、国元の御殿の落《お》とし胤《だね》でいらっしゃるぞ。今も御殿におかれては、江戸の日奈は無事か、元気にやっておるか、と目に入れても痛くないほどに、お可愛がりと聞く」

「存じ上げています——。ですが、姫は脇腹であり、御母堂も商人の出身で身分違いとのご判断により、一度は実家に下げ渡されていたと聞きます。そのままでよかったのではないでしょうか」

「ふうむ」

大高は、苦虫をかみつぶしたような顔をする。

「その事情は——」

と少し考え。

「うむ、貴様は、日奈様の御守役として入府したわけであるから、知っておいたほうがいいだろう」

といって説明を始めた。

つまり——。

日奈の実家の蠟問屋市松屋はかつて、藤堂家に巨額の金を貸与していた家なのだというのだ。

好景気だった田沼時代——。

大名家はどこも、吉原遊郭《よしわらゆうかく》や薬研堀《やげんぼり》の料亭街などで盛んに接待の宴《うたげ》を張り、資金力のある商家や公儀の重役といった名士たちとの縁をつないで、利権融通の周旋を行っていた。

若き高嶷公もまた、接待と言う名の政務に励んでいたものだが、その付き合いで知り合った名士のなかに、市松屋がいたという。

高嶷公は、たまたま見初めた市松屋の娘にほれ込み、密かに日本橋の店に通うようになった。その娘が、日奈の母親——藤堂家で『市《いち》の方』と呼ばれる女性である。なんでも、当時、市の方は十七で、輝くような美人だったらしい。

そのとき高嶷公は藩の庶子であり、家督を継ぐことなど夢にも思っていなかった。つまり、ずいぶんと身軽だった。ゆえにふたりは憚《はばか》ることなく、無邪気に愛をはぐくみ、やがて子を授かった。

日奈である。

高嶷公は、川向こうの屋敷（向島《むこうじま》　藤堂中屋敷）のそばに、在所を建てさせ、そこに親子を引き取って水入らずの暮らしを始めた。

だが、運命と言うものはいたずらなもので、本家当主が亡くなると、分家支藩の藩主が本家へ転出となり、分家を高嶷公が継ぐことになった（伊勢　久居《ひさい》藩）。

しかも、本家の新しい当主にも嫡子はなく、どうやら近い将来、高嶷公こそが、藤堂本家三十二万石を継ぐことになりそうだという情勢になってきた。

こうなると、高嶷公の身辺が、にわかに騒然としてきた。

市の方の身分は低いし子供は女だ。家督相続問題の埒外《らちがい》にあったわけだが、そこは大名家のことである。正室・正妾がそれぞれ子を持ち、威を張って牽制《けんせい》し合う。五人、六人といる妾の誰が本城と江戸屋敷を仕切るのか——足の引っ張り合いがはじまった。町方ゆえに虐《いじ》めを受けることもあったという市の方は、そういう武家のありざまにすっかり嫌気がさし、

「実家に戻りたい」

と、言い出した。

そして、高嶷公が、分家から本家へ移った時、市の方はすべての利権を辞退し、娘とともに実家に戻ったのだという。

市の方と日奈を引き取った市松屋の主人惣兵衛《そうべえ》は、経緯《いきさつ》を娘から聞くと、すっぱりと藤堂家とのつきあいを止《や》めた。

自分の娘がつらい目にあって戻ってきたのだ。そんな家をどうして支援する義理があろうか、ということだ。

市松屋、商人にしてはなかなか豪気である。以降、市松屋は、藤堂家から借財の申し入れがあっても、一切応じなくなった。道理であろう。

しかし、それを逆恨みした当時の江戸留守居役の筒井帯刀《つついたてわき》は、公儀目付と北町奉行所の

伝手を駆使して、市松屋に圧迫を加えた——。

すなわち、蠟問屋の株仲間《かぶなかま》からの締め出しである。

日本橋の商家が、株仲間から外されればひとたまりもない。

あっという間に、市松屋は傾いた。

このとき、子供を抱えて不安だった市の方に近づいた商人がいた。

浅草蔵前《あさくさくらまえ》の札差《ふださし》で、堤下屋《つつみしたや》勘六《かんろく》という男だった。

この男、一時期は吉原遊郭で騒がれた遊び人で、ともかく色男だった。そのうえ、弁舌も爽やかで、金も唸《うな》るほど持っている。市の方はこの男にころっと騙《だま》され、すべてをこの男に相談するようになった。

男は言葉たくみに、市松屋の経営に口を出し始めた。金も伝手もある。そしてついに、傾きかけた市丸屋の身上をすべて奪ってしまったのだという。

市松屋の主人惣兵衛は心労が祟《たた》って病死、番頭をはじめ使用人は離散ということになった。ひどい話だった。

いっぽう、政務に忙殺されていた高嶷公は、ことここに至るまで、この顚末《てんまつ》を知らされていなかった。

報告を聞いて事態に驚き、すぐに市松屋を虐めていた江戸留守居役の筒井帯刀を左遷して、江戸家老を信頼ある腹心の前田内匠頭に差し替えた。

そして、参勤のおりに、市の方に密かに会い、市松屋の株の買い戻しと、日奈の引き取りを決裁したのだという。

「そのおりに殿と市の方がどのような話をなさったのかは、われわれ下々はあずかり知らぬ。ただ、日奈様は上屋敷に引き取られた。お傍《そば》にあった女中頭の老女、山本ひとりを連れてな」

「ふうむ」

「以来、日奈さまは勝手に屋敷を出ることを禁じられておる。察するに、脇腹でいったんは捨てられた姫でもあるし、昔の女房衆の虐めの前例もある。いろいろと難しいことがあるのであろう」

「複雑ですな」

「しかし、こういった細かいことは、日奈さまは知らぬ。町で元気にやっておったのに、急に屋敷に引き取られて、綺麗な着物を着せられて、姫様だなんだと扱われても、わけがわからんというわけだ。姫様は、ともかく逃げ出そうとばかりする。御守役のサムライも、どんどん入れ替えられる——だが」

「だが？」

「どうやら、お前は、気に入られたようだな」

「え？　なぜ？」

「ふうむ。田舎臭いというか、あまりちゃんとしてないのが良いのだろう。貧乏そうで、着物も汚い。それに忍者だというのも、よさそうだ」

「あんまり嬉しくないです」

「いや、最初の御目通しから、物おじせずに、どしどし物を言ったこともよかったのだろう」

「――そんなもんですか」

「それにまあ、正直言うと、いままで御守役につけていたのは、どちらかというと老人と言うか、いろいろあって主流から外されたじいやが多かったのだ。貴様はまだ二十歳《はたち》そこそこだし、姫とは年が近いから、話しやすそうだ」

　そりゃあそうだろう。

　奥方から疎まれている脇腹の世話をしたがる奴などいない。

　こんな出世できそうもない仕事をやる人間など、譜代の藩士の中にはたしかにおるまい。

　ああ、ますます早く次の仕事を見つけたいものだ――。内心つくづく、甚九郎は思った。

◇

　翌日――。

己丑庵にて、甚九郎は、日奈の花札の相手をさせられていた。

脇には山本と下女たちが控えていたが、何の用事か、さっと彼女らが席を外した瞬間があった。

すると、すかさず、日奈が顔を突き出して言った。

「――澤村」

「は。なんですか?」

コイコイかと思って身構えると、そうではなかった。

「誰もおらぬ。あたしの頼みを聞け」

「なんですか」

「あたしを、連れ出せ――。神田と日本橋はすぐだ。一日だけでいいのだ。町を歩きたい。実家を見たい」

「――」

「なんだ、なにか言え」

そう言って手早く日奈は猪鹿蝶《いのしかちょう》を叩きつけた。

甚九郎は雨《あめ》四《し》光《こう》を創れそうな手札に視線を落としたまま、

「おすすめいたしかねます」

と言った。

「なんで？」

「日奈様が、ご実家を見たいというお気持ちはわかります。先日、僭越《せんえつ》ながら市松屋を拝見してまいりました。あの店は今や、札差の堤下屋勘六の持ち物だと伺いました。商売もそこまで繁盛しておらぬ様子――」

「な」

「あの家は、もはや姫君が育った家ではございません。主人の惣兵衛は死に、番頭をはじめ当時の雇人もすでに入れ替わっているそうです。あの店を見ても、詮無きことにございます」

「！」

すると、甚九郎の顔に、バシッと花札がぶつかってきた。

日奈が、手札を思いっきり顔にぶつけてきたのだ。

甚九郎は顔を上げ、じっと日奈の整った顔を見つめた。

その顔が真剣なのを見て取ると、すかさず平伏する。

「失礼仕《つかまつ》った」

「――」

「姫？」

日奈の整った大きな瞳が怒りに燃えている。

「知ってるわよ！」

「は」

「あんた、小娘だと思って偉そうに説教するんじゃないわよ。こっちは日本橋の生まれ、ちゃきちゃきの江戸っ娘《こ》なんだ。わかってるわよ、あたしの家がもうないんだってことぐらい。山本と一緒に、このわけのわからない屋敷で暮らしていかなくちゃならないってことも、わかってるわよ」

叫ぶように、日奈は言った。

「だけど、時々、生まれ育った家の様子を見たい、生まれ育った町を歩きたいって思って、それが悪いのか。産んでくれた母親の姿をひとめ見たいってぇのが、そんなに悪いってぇのか」

その言いざまを聞いて、甚九郎はすぐに後悔した。

余計なことを言った。

いろいろ聞かされ、わかったような気持ちになっていたのだ。

すぐに威儀を正して、頭を畳につけ、平伏する。

「申し訳ございません――」

そして顔を上げ、

「なにか意図《がんもく》があれば、伺いましょう」

と言った。

日奈の説明はこうであった。

山本は、やはり日奈が町に出るのには反対している。

だが、子供のころからのつきあいで、最後はあたしのわがままを聞いてくれる。

ふたりの下女もきっと協力してくれるだろう。

だから、山本を説得して、日奈姫は病気であると称し、毎日の習い事をお休みする。

下女のひとりには、影武者として布団に寝てもらう。

日奈は、甚九郎の忍術で屋敷を抜け出る――。

「ですから、拙者は、忍者ではござらぬと」

「似たようなものでしょう。伊賀者なのだから」

「そ、そうは言われましても」

甚九郎は、頭を抱えた。

「馘になりたくなければやりなさい」

◇

日奈を江戸の町中に連れ出すという任務《おつとめ》を遂行したのは、五日後の良く晴れた己丑《きちゅう》の日である。

真っ青な空が江戸の町の上に広がって、眩《まぶ》しいほどの日であった。

甚九郎はさんざん考えた。

最初は、日奈に男装をさせ、連れ立って門を抜けようとも思ったのだが、それでは到底門番の目はごまかせまい。邸内を歩いているときも目立つだろう。

女の衣装ではますます目立つ。

そもそもが、道を行けば人がふりかえるほどの美人なのだ。

結局甚九郎は、日奈を籠《かご》に入れて担ぐことにした。

しかし、なんといっても人ひとりを運ぶのだ。

大変なことである。

当日朝、己丑庵の庭で、町娘の衣裳に身を包んだ日奈が入った籠を背負ったとき、あまりの重さに頭がくらくらした。

（やるしかない）

奥歯を嚙《か》みしめ、ふらふらと足を踏ん張る。

すると、老女の山本が近づいてきて、言った。

「澤村様――。お嬢様があそこまで望めば、私としては、言うことはなにもありません。お嬢様のこと、どうかよろしくお願いします」

山本は、姫、ではなく、町人のように『お嬢様』と言った。

そして、澤村の顔を見上げ、続ける。

「生まれ育った日本橋の街歩きを楽しまれ、市松屋を見せて——。でもそれだけでお帰りいただければと存じます」

「ど、どういった意味で」

「今や市松屋は悪党の堤下屋勘六の持ち物であり、働くものはみな、商人面《づら》をしたやくざばかりであります。どうか、市松屋の中には入らないで。誰にもひとには会わないでください」

「——」

「お願い申します——」

山本の顔は、必死であった。

甚九郎は、背中の重さに耐えながら、なんとか、う、うむ、と頷《うなず》いた。

「承知つかまつった」

「頼みます」

「日奈さま、大丈夫ですか」

背中に声をかける。

「狭苦しいけど、なんとか大丈夫」

「和泉橋を渡るまでの御辛抱です」

「わかった——たのむ」

こうして、甚九郎は、うんこら、どっこら、と必死で広大な屋敷の中を進み、やがて、南端の正門に達した。

「御用でござる」

「ご苦労」

門番に挨拶をして、無事に外に出る。

む、むう、と唸りながら必死で道を南へ歩いた。

あんな大きな背負《しょ》い籠。よほど重いものを持っているらしい——門番が気の毒そうに見送っている。

小さく側溝が切られた道を一歩一歩南へ進み、やがて和泉橋に至った。

やっと神田川を渡り、岩本町《いわもとちょう》の商家の建物の物陰を見つけて隠れ、そっと籠を降ろす。

あまりのことに息が切れて目がくらみ、甚九郎は、その場に座り込んでしまった。

「はあ、はあ、はあ——」

下を向いて喘《あえ》いでいると、籠から出てきた日奈は、けろっとした顔で周囲を見回し、

「わあ、神田だ、神田だ。久しぶりだなァ。河岸《かし》が見える。嬉しいっ」

とはしゃいでいる。

そして両手で裾を、ぱたぱたと叩いてそろえ、満面の笑みで、

「こら、澤村、なにやってんの。ちゃんとあたしを守りなさい」

と言った。

「はひ」

「御守役でしょ、しっかりしなさい」

「畏《おそ》れながら、日奈様、重すぎませんか？」

「失礼な」

日奈は、よろよろの甚九郎の先に立って、意《い》気《き》揚々《ようよう》と江戸の町を歩き始めた。

「澤村――。あなた、江戸は初めて？」

「畏れながら、むかし御殿の参勤のおりに下役で半年在府したことがございます」

「ふうん。じゃ、詳しいってわけ？」

「いえ――。拙者は伊賀の貧乏侍ですから、江戸にいたとて、呑みに行く金も遊びに行く余裕もございませんでした」

「じゃァ、あたしが案内したげる。あたし、地元っ子だからね！」

日奈は、あきらかにはしゃいでいた。

飛び跳ねるように町を歩いていく。

道から道へ、路地から路地へ。

岩本町から、松枝町の吉右衛門の長屋の近くをすりぬけて、紺屋《こんや》町、伝馬《てんま》町から瀬戸物《せともの》町の入り堀のほとりにでた。

「ああ、水だ、水だ――大川（隅田《すみだ》川）からの引き入れの水だね」

日奈は、柳の木のたもとにあった柵によりかかって大きな声を出した。

「あたしの家は、このすぐ裏――。子供の頃、みんなでこのお堀に来て、蟹《かに》を取ったっけ」

そしてわざわざ室町の市松屋を大きく巻くように、米河岸から荒布《あらめ》橋のたもとに出た。

江戸橋詰めの盛り場はすぐそこである。

そこに笹寿司の屋台が出ていた。

「あ、お寿司だ、お寿司だ。食べよう」

そう言って、甚九郎を見る。

甚九郎はしかたなく財布を取り出し、わずか八文の笹寿司をふたつ買った。

それを頬張りながら、日奈は、江戸橋のたもとの四つの堀が出会う広い水面《みなも》を眺めるように見た。

川面には、大小の舟が、忙しく行きかっている――。

いずれも商売の船で、賑《にぎ》やかだ。

「どきなどきな」

「そっちが先に道をふさいだのだろう、べらぼうめ」

乱暴な水夫たちの怒鳴りあいの声が聞こえる。

いかにも江戸である。

「ああ」

日奈は、大きく息を吸う。

「帰ってきた——。わずかな距離なのに、久しぶり」

本当に嬉しそうな顔をしている。

その横顔をみて、甚九郎ははじめて、無理してよかったな、と思った。

主人たる姫がこれほど喜ぶのであれば、頑張って大きな籠を背負って和泉橋を渡った甲《か》斐《い》もあったというものだ。今は軽い背中の籠を褒めてやりたい気分である。

日奈はじっと、川面と行き交うひとびとを見ていたが、やがて、えい、と声をあげて胸を張ると、行こうか、と言った。

「は」

甚九郎は、すたすたと人ごみを縫うように歩いていく日奈を見失わないようについていく。

まあ、危険はあるまいが、御守として長めの刀《もの》は腰に差している。懐中には、いざという時に敵方に投げつける金属片（投げ爪、手裏剣）の入った皮袋も用意していた。

守役の心得であろう。

日奈は日本橋北詰めの人ごみを北に折れ、左に越後屋を見ながら進んで室町の市松屋が見える辻に至った。そして、わざと十字路の反対側に立って、じっと自分が育った店を見る。

甚九郎は脇に控え、刀を持って膝をついていた。

あまり活気はないが、それでも小僧か手代らしきものが時々出入りをする。

その様子を、日奈はじっと、見ていた。

やがて、そこに飴屋《あめや》が通りかかったので、甚九郎は飴と茶を買った。

渡されて、日奈はそれを舐めながら、飽きることなく店先を見ていた。

半刻も過ぎただろうか――。

突然、日奈が、

「あっ」

と声をあげた。

控える甚九郎が顔をあげて見ると、店先から出てきたのは丸髷《まるまげ》の年増の奥様だった。

顔つきが日奈とそっくりである。

日奈よりもずっと年をとっているし、皺も浮いてやや険《けん》のある顔つきだったが、確かにそれは、日奈がそのまま年を取ったかのような女だった。

日奈は震えて、足を前にふらふらと一歩、二歩、と踏み出そうとした。

すると、店の奥から、ほんの幼い子供が、よちよちと飛び出してきて、女の足元に抱きついた。

その後ろから、女中らしき女がふたり、風呂敷を抱えて出てきた。

女は子供に、あふれるような笑みをうかべ、抱きあげて頬を寄せたあとに女中に渡し、ともに東へ――両国《りょうごく》橋の方向へ歩き去った。

日奈はその様子を、じっと見ていた。

甚九郎は、後ろに控え、じっとその背中を見ていた。

日奈の細い肩の震えが、やがて時々、しゃくりあげるように大きくなる瞬間があった。

日奈は必死で耐えていた。

しかし、やがて。

日奈は耐え切れずに、

「えっ、えっ、えっ」

と泣き始めた。

「う」

「――――」

「う、あああん。うあああん。あああん」

日奈は、大声で、泣いた。

甚九郎はただ控え、声をかけずにいる。

日奈はそこで、四半刻、泣いていた。

やがて日本橋町方の時の鐘が昼八つ（午後二時頃）の鐘を鳴らしたとき、

「姫様——」

甚九郎はようやく日奈に声をかけた。

「何か、おいしいものを食べましょう」

「なによ、あんた、おカネなんか持ってないじゃない」

日奈は、少しだけ涙が残っているような、それでも憎々しげな声を出した。

「なんとかなります——。神田和泉橋の藤堂屋敷の者だといえば、多少はつけも効きましょう」

「ふふふ」

日奈は不敵に笑うと、

「無理しなくていいわよ」

と言い、

「いいわ。帰る。帰って山本に麦こがしを作ってもらうわ」

と、日本橋の町を北に歩き始めた。

その背中を見つめながら、甚九郎は、

（つまり、こういうことなのだ――）

と思った。

日奈の母の、市の方は、それでも悪党の堤下屋勘六のことを選んだのだ。

よくわからないが、この浮世の男女のことには、ときどき、そういうことがあるらしい。

たとえ大事な店を潰して、家族を崩壊させた男だったとしても、ある種の女にとってはそれが離れがたい魅力に見える。そういうこともあるのだ。

市の方は、かつて、若き御殿の妾だった。

最初は、名家の連枝たるサムライは魅力的に見えたのかもしれない。だが、その男も今や、年を取って中年となり、借金まみれの家の藩主である。

そのうえ、その家には、面倒なあれこれが蔦《つた》のように絡まっている。それに一緒に立ち向かうほどの愛はない――。

ともかく、日奈の母は、そういう女だった。強い男から強い男へ。苦難の男より、今を楽しませてくれる男の傍へ――。

そのために娘を捨てるのも厭《いと》わない……。

わかった。

日奈は、捨てられたのだ。

（御殿は、あの女の心根に気付き、素早く日奈様を屋敷に引き取ったのかもしれぬ——）

殿が市の方に会ったとき、あの女の腹には、勘六の子がいたのかもしれない。

やがてふたりは神田川に近づく。

気が付くと、空は曇天《どんてん》であった。

物陰に隠れて、ふたたび日奈を籠に隠そうとしたときに、日奈が言った。

「澤村、今日はありがとう」

「は」

「褒めてつかわします」

「お役目に過ぎませぬ」

「——お願いがあるの」

「なんなりと」

「山本には今日の顚末は言わないで欲しいの。ただ楽しかったと。日本橋の町歩きを存分に楽しんでいたと、そう言ってちょうだい」

「承知仕りました」

「山本はね、市松屋にいたころからあたしのおつきのばあやだったの。子供のころからずっとよ。あたしがお屋敷に引き取られるときも、自分だけはお嬢様のお傍におります、と強く言って、すべてを捨ててついてきてくれた。心配ばかりかけているの。あたしの行く末を凄《すご》く気にしているのよ」

「はい」

「あと、さとと、いとにもね」

さとといとというのは、お付きの下女だった。

「あのふたり――。脇腹で身分の低いあたしなんかの下女になってしまってかわいそうに。もっと身分の高い姫にくっついていたほうが出世もできますでしょうに」

そう言って日奈は籠の中に小さく膝をたたんで、顔をうずめた。

「御辛抱ください」

甚九郎が蓋をしめて籠を再び担ぐとき、急に、雨が降り出した。

ばらばらばらばらと音がして、町ゆく人が、あら雨だ、とか、ひゃあまいったな、とか言って慌てている。

甚九郎は重い荷を担いで、神田川にかかる橋を渡った。

「姫様――雨です。申し訳ございません」

「あんたが悪いわけじゃないでしょ。かまわないわよ」

籠の中からそんな憎々しげな声が聞こえた。

雨はやがて、強く降りはじめ、籠を背負ってよろよろと和泉町を屋敷へ進む甚九郎の全身を、びっしょりと濡《ぬ》らした。

◇

すべてを聞いて、小川吉右衛門は、静かにうなずいた。

「ふうむ――」

相変わらず、長屋の狭い部屋は内職の傘でいっぱいである。

甚九郎は、ふたたび屋敷からくすねてきた、するめと酒を小川に勧め、

「大名家というのはどうにも――いろいろ面倒ですね」

とため息をついた。

本当に、旧家というものは面倒だ。

三十二万石という巨大な大名家のあれこれは、身の毛もよだつほど面倒である。

すると小川は、

「それも、いいではないか。今は家を飛び出し、浪人となった俺から見れば、羨ましい限りだよ。簡単に辞めるのではない。まだ早いぞ」

と言い、家じゅうにある傘のうち、ひとつを取り出して、ぱっと開いた。

桜の色で柄《え》の細い、いわゆる蛇《じゃ》の目《め》傘《がさ》であった。

それをきゅっと閉じて、

「この傘を――」

と差し出し、

「日奈姫へ、お見舞いでござる、と、お渡し願おう」

と言った。

「へ？　日奈様に、ですか？　どういう理由で」

「なんでもいい。言い訳は貴様が考えろ。俺もかつては藤堂家の人間だったのだ。今の話を聞いて、何もしない気持ちにはなれぬ。姫の御心の慰みに、何か献上してもかまわないだろうが。この傘は、俺が創《つく》ったのだ」

「えっ」

甚九郎は、思わずその美しい傘を、まじまじと見た。

「凄い――。これを小川さんが？」

「まだまだだ。親方には、これではまだ道楽だと言われている。町で売るにはもっと修業せねば駄目だとな。下手《へた》な傘よ。だが、心をこめて創った。どうだ」

「は、はあ」

甚九郎は驚いて、小川の顔をじっと見た。

「――甚九郎。三年ぶりに見た俺の顔は、どうだ」

「は」

「がっかりしたのではないか？」

「そ、そんな」

「――俺も、安濃津の城下にいたときは、颯爽としていたからな――。我こそは御家を支えるサムライであるという誇りが、心に満ち溢《あふ》れておった。自ら考えることが正義であるという自信もまた、赫々《かくかく》たるものであった。だが三年が経ち、今はこんなどぶ臭い貧乏長屋で、傘張りの内職をしている。髭も月代も滅多に剃《そ》らぬ。着物もぼろぼろだ。どうだ、がっかりしたであろう」

「いえ」

「ふふ。隠さなくてもよい」

甚九郎は、その言葉をじっと聞いた。

確かに、そうかもしれない。

俺は、小川さんに会って、がっかりしたかもしれない。

昔、憧れだったあの小川さんが、こんなところで弱気なことを言っている。

違う、違う、と思ったはずだ。

その複雑な顔を見て、小川吉右衛門は柔らかく笑う。

「それでいい」

小川の、言葉の穂《ほ》をつぐ口調は、優しく、ゆったりとしており、決して激していない。

「あの頃の俺は、何もわかっていなかった。大藩の藩士として、恵まれた立場にあり、健康にも仲間にも恵まれ、そのおかげで自分がその場に立っているのだということを知らずにいた。すべてが自分の努力で勝ち得たものだと勘違いしておったのだ。そして、駄目な人間は、要は努力が足らぬのだと思いこんでいた。だから、あのとき、城下の娘に乱暴をしようとした重役の息子――つまり、あの相楽《さがら》のバカ息子を成敗することに、躊躇《ためら》いはなかった。あんなひどいことをする男など、成敗して当然だと思っていた。正しいことをしたのだという一念で意気揚々としておったのだ」

「はい。小川さんは間違っておりませんでした」

「そうかもしれぬ」

　小川は遠くを見るような顔をした。

「あの行為だけ見れば正しかったであろう。だが、あのときの俺の、自分だけが正義であるかのような心の持ちようは、やはり、思い上がりであったよ」

「小川さん」

「甚九郎――。あれから三年。俺にもいろんなことが、あったのだよ」

　小川は、そう言うと、目の前にあった酒の注がれた茶碗《ちゃわん》に手を伸ばし、ぐっと飲みほした。

「若さの意気に任せて御家を飛び出し、肩書もなく、カネもなく、力もなく、この江戸という大きな町に出てきて、それまで見たこともない世界を知った。藤堂家のサムライであればなんでもないことも、この町ではうまくいかなかった。部屋一つ、保証人《うしろだて》がいなければ借りられぬ。まっとうな仕事も肩書がなければ得づらい。そんな状況に陥り、それまで知らなかった人間のありようを見た。剣術ができる田舎者など、この江戸には星の数ほどいるんだ。剣術だって弁舌だって、上には上がいる。その現実に、俺はひとり、苦しみ、悩んだよ——自分にはもう、生きる価値がないのではないかと。藤堂家の人間でなくなった自分にはもう、存在価値がないのではないか、と。——そして学んだのだ」

そして、にっこりと笑う。

「いいか、甚九郎。ひとが苦境にあるときは、さまざまな人間が、さまざまなことを言う。ああすればいい、こうすればいい、なぜちゃんとしないのか、そんなふうに偉そうに説教する。だがな、そんな言葉など、何の訳にも立たないのだ」

「————」

「たいていの人間は、恵まれた安全な場所から、苦境にある人間の様子を見て、もっともなことを言うだけだ。だが、本当に、泥沼に嵌《は》まった人間を救おうと思ったら、ともに泥沼に嵌まる覚悟をしなければならぬ。泥沼の人を救えるのは、自らも泥に汚れることを怖れぬ人間だけだ。違うか？」

「はい」

「どうだ、貴様、目の前に泥沼に沈んでいく人間がいて、一緒にそこに飛び込むことができるか？　できまい。せいぜい同情して、安全な土手の上からわいわい騒いでは、しっかりしろとか、気をしっかり持てとか、もっともなことを言うだけ。せいぜい、縄なり木の枝なりを投げるぐらいのことしかできまい。しかし、そんなことは、なんの役にも立たぬ。ならば――」

「ならば」

「ならば、いっそ、何も言うでない。苦しんでいる人間、苦境にある人間、そこから抜け出そうと必死の人間に、偉そうに安全な場所から、こうすればいい、ああすればいいなど と、もっともな言葉をかけるのではない」

「は」

「苦境の人は、土砂降りの中にいる」

小川は手元の傘をぱっと広げた。

「――せいぜい、傘をさすぐらいしかできぬわ」

と、笑う。

「きっと日奈姫様は、今、明日が見えず、自分がわからず、御家の中は敵だらけ――。いろんな人間が近づいてきて、いろんなことを言われているのだろう。だから、その御守役である貴様は、その雨の側には立つな。偉そうなことは何も言うな。なぜなら、貴様は恵まれた人間だからだ」

「俺が、恵まれていると？」

甚九郎は、不満であった。

だが、

「ああ、そうだ」

小川は明確だった。

「ならば、貴様は、ただ黙って傘をさすのだ」

「――――」

「いつか雨があがるのか――。それは誰にも分からない。だが、傘をさすのだ」

そう言うと、小川は黙った。

甚九郎はそこに座り、小川吉右衛門の言葉を頭の中で咀嚼《そしゃく》した。

納得いかなかった。

そして、小川の言うことが、わからなかった。

だが、きっと、小川は今も戦っているのだ。

そのことは、わかった。

三年前、城下で何か巨大なものに挑んだ戦いを、今もなお続けているのだ。

だから、会ったこともない日奈の気持ちが、自分よりもわかるのだ。

「――いいではないか、閑職で」

小川は笑う。

「そのお姫様の御守が貴様の役割であれば、やるのだ。安易に辞めるだのなんだのと言うな。馬鹿にされてもぶら下がれ。罵られても、給金と実家の兄と一家を守れ。貧しかろうが、あれこれ問題があろうが、まだ藤堂家は潰れてはおらぬ。まだやれることもあるさ。やれるだけのことは、しっかりやれ。せいぜい与えられた場所で、精いっぱい働くのだ」

「は」

「俺はな、最近、この傘張りが楽しい。たかが浪人の内職だがな」

「――」

「傘を作り始めてから、雨の日が楽しみになった――」

甚九郎は、小川が創ったという桜色の蛇の目傘を開いてみた。

丁寧に柿蠟を塗ってある。

どんな水しぶきも、きれいに弾くのだろう。

きっと、日奈は喜んでこの傘を受け取るに違いない。

次の雨の日に――。

苔《こけ》むした己丑庵の庭に、この傘をさしてたたずむ日奈の姿が、目に浮かぶような気がした。

傘ろくろ

神田小川町の一角にある、玄武流神谷《かみや》新左《しんざ》エ門《もん》道場に、激しい稽古の声が響いている。

立派な神棚を備えた明るい道場の板の間に、師匠の神谷新左エ門がどっかと座り、立ち斬りを終えたばかりの澤村甚九郎が、汗だくで下に控えていた。

神谷は、満足げに頷き、

「ふむ。貴様、なかなかやりよるな。よし、入門を許そう。せいぜい、勤めの合間に通って来るがよい」

と言った。

神谷は、白髯《はくぜん》白髪の老人だが、いかにも矍鑠《かくしゃく》としている。

総髪で背筋が伸び、所作にも隙がなく、いかにも手練《てだ》れの剣客という風情だ。

「は。ありがたきお言葉」

甚九郎は、頭を下げた。

「誠心を込めて、修業させていただきます！」

神谷は、その言葉を聞きながら、道場で稽古を続ける弟子どもの動きを油断なく見つめ続けている。

「しかし、一点、解せぬことがある」

「なんでございましょうか」

「貴様は藤堂の家臣であろう。あれほどの大身であれば、当然、屋敷内に道場もあろうし、師範代もおろう。それに藤堂と言えば新陰流が御家の流派。それがなぜ、今さらわが江戸玄武流を学ぼうというのか」

「は」

甚九郎は背を伸ばし、言った。

「拙者、この江戸在府の期間に自らの視野を広げ、サムライとして一段、成長したいと考えております。多士済々たるこの江戸において、他流を学ぶことは、わが剣の道の修業と弁《わきま》え、よき師を探しておりました。先生の御高名を聞き及ぶに至り、入門を望んだものにございます」

それを聞き、神谷は、満足げに目を細めた。

「ふうむ。今どき殊勝な男よ。期待しておるぞ」

しかし、今、甚九郎が言ったことは嘘《うそ》である。

小川吉右衛門に教えてもらったのだ。

この道場は、求職に強いと。

場所も通いやすく、地所も広い。

諸藩の下級武士の内でも名のある士《もの》が通っており、これらのうち手練れの有望なものが選ばれて有力藩に召し抱えられた実績が、一度ならずある。

「あの道場は、ひとえに神谷新左エ門先生の人柄が優れておる。ゆえに、江戸の剣術界に影響力があるのだ」

とは、小川吉右衛門の説明である。

この老人、どうやら斯界の有名人らしい。

あちこちに知己があり、何かあると、弟子どもを融通しあう。

そこが魅力だ。

この際、剣の流派などどっちでもいい。

うまく、次の伝手を摑《つか》みたい。

こっちが、甚九郎の本音なのである。

「ところで——」

師匠は言った。

「貴様、伊勢浪人、小川吉右衛門の紹介であったな」

「は。その通りでございます」

「小川の奴は最近どうしているのだ。あまり稽古に出てきていないようだ。紹介状を書いている暇があったら、たまには道場に来て汗を流せと伝えよ」

まさか、長屋にこもって内職の傘張りに熱中しているとも言えまい。

甚九郎は、口元を引き締めて、

「はい、道場に出るように言って聞かせます」

と言った。

師匠は、ぎろり、と甚九郎を見る。

「あやつ、修業は続けておるのであろうな」

「もちろんでございます」

嘘である。

江戸に出て来てからこっち、小川吉右衛門が木刀なりふくろ竹刀《しない》なりを振っているのを見たことがない。

この前など、

「金がねえなあ。腹減ったから、腰の刀《もの》を質にでも入れようかな」

などと言うから、慌てて屋敷の納戸からコメと味噌《みそ》を盗んできて渡したばかりなのである。

「うむ――。よろしい。では、できる限り早く顔を出すように伝えてもらおうか」

「はあ」

「実は先日、越後《えちご》向津《こうつ》藩保坂《ほさか》家から、小石川の江戸藩邸道場の剣術指南に誰かおらぬかという相談を受けてな。ああ、小川の奴がちょうどいいな、と思ったところだったのだ」

「な、なんですと」

「顔を出さぬから、他に回そうかと思ったが、そんなところに紹介状をもった貴様が来た。これも何かの縁かもしれぬ」

「は、はい！」

「先方の要望は、腕ももちろんだが、人格も伴った剣士だ。給金は高くはないようだが、まあこの際、贅沢《ぜいたく》は言えまい。わしが見たところ、小川であればぴったりじゃ。あやつ、剣の技もなかなかであるうえに、苦労をしたせいか人柄も練れておる。まずは、わしの名を潰すまいぞ」

「こ、これは一大事！」

　甚九郎は思わず、大声を出した。

「なんだと？」

「小川さんはわたしにとっては、大事な故郷の先達でいらっしゃいます。そのおかたが、江戸の下町の貧乏長屋で、内職しながら浪人をなさっていることに忸怩《じくじ》たるものがございました。これはぜひ、小川さんに仕官いただきたい」

「ふむ、ふむ」

神谷は頷き、目を細める。

「同感だ。わしもあれほどの剣士の名が世に出ないことは勿体ないと思っておった。よい機会であるゆえ、わしからもしっかりと推薦状を書かせてもらう。これが成就すれば、小川の名も、保坂家指南役として江戸の剣客どもに知れ渡るというものだ」

「然り」

「しかし、なあ。——貴様の前で言うのもなんだが、あやつ、最近どうも修業に力が入っていない気もする。良いものを持っておるのに、まったくどうしたことか」

「ま、待ってください。大丈夫、大丈夫です」

「本当か？」

「非常に僭越《せんえつ》ですが、衷心より申し上げます。小川さんの実力は、安濃津岩井道場により裏書されております。あのかたは、本物の剣士であります——。しかも正義感溢れるサムライの鑑《かがみ》。安濃津で道場の塾頭にして師範代だっただけではなく、拙者のような外様《とざま》の貧乏な家の次男坊とも分け隔てなく親身に接してくださる人格者。藤堂家を出奔したるも、か弱き娘に無体を働いた上士の息子を成敗したためで、決して間違った行為ではござりませぬ。きちんとお役目が与えられれば、きっと、しっかりと勤められるでありましょう。今はただ、雨の中で傘をさしておるだけで」

「雨の？」

「いえ、失礼、こちらの話——。ただ、わたしが言いたいのは、ぜひその仕官の話を小川さんにということで」

「ふむ。貴様の言いたいことはわかった。だが、本人の話を聞かんとな。ともかく、一刻も早く道場へ来いと伝えよ」

「はい。わかりました」

「まあ、当然だが、わしが推薦するだけでは仕官は叶《かな》わぬ。保坂上総守《かずさのかみ》殿が在府のうちに、先方の剣術指南である、工藤又座衛門《くどうまたざえもん》と手合わせをしてもらい、腕前の検分をしてもらう——ま、ありていに言えば試合じゃな」

「工藤又座衛門」

「いかにも」

「有名なかたですか」

「いや——江戸の剣壇では聞かぬ名だ。おそらく越後の田舎侍《いなかざむらい》であろう。小川であれば問題ないわ」

「——承知でございます。すぐ小川さんに伝えます」

◇

こうして、澤村甚九郎は慌てふためいて神田松枝町のぼろ長屋に走った。

小川町からはそう遠くない。

すると、小川吉右衛門は、自分の住む四畳半の前の陽だまりに縁台を出して座り、何やら手のひらに包み込まれるような大きさの木工品を、ぱちん、ぱちんと動かして見つめていた。

「なにをやっているのですか」

甚九郎が声をかけると、

「いや。名人の傘ろくろをもらってなァ」

「傘ろくろ？　なんですか、それ」

「これだよ」

と、嬉しそうにその細工物《さいくもの》を見せた。

小さな固い木の塊である。

真ん中に穴が空き、二つに分かれていて、溝が細かく刻まれている。それぞれの木片に刻まれた溝ががっしりと嵌り、ぱちん、ぱちんと、くっついたり離れたりする木製の部品である。

これを傘の竹軸の上下に取りつけ、つないだ骨を可動させて開いたり閉じたりする、和傘細工の要《かなめ》といっていいものだ。

「綺麗だと思わぬか。どんな工芸品よりも美しい。こんな立派なもの、俺には到底作れまいぞ。職人の技と言うものは大したものだな――」

「まったく、何を呑気《のんき》なことを言っているのですか」

甚九郎は、いらついて言った。

しかし、小川は無視して続ける。

「見ろ、この筋の細さ。この一枚一枚に糸通しの穴が空いているが、いちいち斜めに空けてある。職人が糸を通しやすいようにな。素晴らしい配慮だよ。まことに立派だ。見事だなあ」

「もう、そんなことどうでもいいですよ。大変、大変ですよ」

甚九郎は、息を切らせて事の顛末を説明する。

「ふうむ」

小川はそれを聞き、さすがに顔色を変えた。

「なんと――そんな話が」

腕を組んで考え込む。

小川も、事の重大さに気が付いたようだ。

今の、この江戸で、大名家に裏書されたサムライの仕官話など滅多にない。

江戸じゅうの浪人どもが、羨ましがってよだれを垂らすほどの案件だ。

「俺のような浪人風情には、身に余る話だな」

「憚《はばか》りながら、その通りです」

「浪人生活も三年——。三十を超えると、なかなかこういう話はないものだ。たまに求人があっても、大名家は常に若い剣客を欲しがるからな。年齢で切られてしまう」

「今度は大丈夫です。なにしろ、江戸玄武流神谷新左エ門先生の推薦状が出るのですから」

「ううむ」

「小川さん、必ずその試合に勝って、仕官の職を手にするのです」

「そ、そうだな」

小川は感慨深い様子だった。

「先生が、俺をさほどに買ってくださっておったとは、ありがたい」

「見るべきものは、見ているということです」

「よし、さっそく明日、神谷先生の道場へ伺おう」

「ちょっと待ってください。なんで明日なんですか？　小川町はすぐそこなんだから、今から行けばいいじゃないですか。師匠は確実に道場におりますぞ」

「それが」

「それが？」

「今日、このような陽気で、気持ちがいいだろう？　さっき傘屋の大将が、この傘ろくろを持ってきてくれて――。つい気分よく話し込んでな。もう、かなり呑んでしまった。いや、職人の話というのは面白いな」

「…………」

　確かに。

　周囲には酒の匂いが漂っている。

　これはまずい。

「ううむ」

　にこにこ顔で頭を掻く小川吉右衛門の顔を見て、甚九郎は呟いた――。

「なんだか、心配になってきました――」

◇

　翌日。

午前《ひる》の己丑庵の武者控えに、澤村甚九郎と上司の大高左衛門は詰めていた。

すると、居間の日奈姫から、

「澤村ァ――」

と声がかかる。

さっそく控えから出て、縁に座り、

「は」

と伺候した甚九郎のその顔を見て、日奈は怪訝《けげん》な顔をする。

「どうしたのじゃ、その顔は」

その顔じゅう、あざだらけの擦り傷だらけである。

「は。昨日、神田小川町の町道場に剣術の出稽古にまいりまして、みっちり汗を流してまいりました。その猛稽古でついたものにございます」

「なんと――。そんなサムライらしいことを」

「サムライですから」

「それにしたって。屋敷内の連中は、藤堂家の道場で稽古をするものでしょう？　なぜ町道場に？」

「存念がございますれば」

そう言う甚九郎を見て、大高が後ろから言った。

「姫様――」

「なに？」

「この者、どうも外歩きが多くて困っております。江戸入府以来、しょっちゅう屋敷を抜け出しては下町を歩き回りおって。屋敷内で済むであろうことまで外でやる癖がありまして。姫様の御守役なのですから、たとえ非番であっても、屋敷におるにこしたことはございません。ここはぜひ、姫様からもお叱りくだされ」

言うまでもないが、藤堂家上屋敷は一万五千坪の広さである。町がひとつすっぽり入ってしまう大きさであり、井戸から風呂から髪結い床まで、あらゆるものが屋敷内に備えられている。

外に出なくても充分暮らせるのである。

だが、日奈は笑った。

「ははは。そりゃァ、こんな屋敷にいるより、江戸の町を歩いたほうが楽しいよね。わかる、わかる」

大高は、甚九郎が密かに日奈を日本橋まで連れ出したことを知らない。

「笑いごとではございません。まったく、伊賀者は昔から腰が落ち着かぬと言うのかなんというのか。忍者の血筋ゆえなのか、万事きょろきょろとするのが癖にございます」

大高は嫌みを言う。

「今日も朝から落ち着かない様子。しっかりせぬか」

「は、申し訳ございません」

もう、うるさいな、と思いながらも甚九郎は頭を下げる。なにしろ相手は一応上司である。あまり逆らっても面倒だ。

その様子を見て、

「ふうん？」

と、日奈は頬杖《ほおづえ》をつく。

「花札の相手をしてもらおうと思ったンだけどな。じゃ、今日は無理？」

「いえ、大丈夫。相手をさせていただきます――」

甚九郎は、殊勝に言い、部屋の隅の函《はこ》に入っている花札を取ろうと膝でにじり寄る。

そのとき、部屋の床の隅に、小川吉右衛門が創った桜色の傘が、大事そうに置いてあるのが目に入った。

美しい――。

上等な和傘は『開けて花、閉じて竹』と言われる。

玄人から見ればまだまだの傘かもしれぬが、甚九郎には、その傘がみごとな花に見える。

甚九郎は傘を見て、ふと言った。

「実は日奈様。本日はこの傘を創ったわが朋《とも》――いや、大先達でございますからそういう言い方も失礼でございますが、その朋の一大事なのでございまして、どうも気がかりで落ち着かず、申し訳ございませんでした」

「まあ」

「日奈様、この傘――」

と、傘を手に取る。

「いかがでございますか」

日奈はそれを聞くと、部屋の奥に控えている老女の山本と目を合わせてにこやかに笑った。

「大好きじゃ。のう、山本」

「はい。お嬢様」

「この前、雨が降った日に、庭に出て、この傘をさしてみた」

日奈の目はきらきらと輝いている。

「するとな、ぱらぱら、ぱらぱら、と雨粒が紙に当たる明るい音がした。胸に染みる、美しい音だったわ。傘の音はいいわねぇ。それ以来、あたしは雨の日が楽しみでしかたがなくなった」

「は。ありがたき幸せ」

甚九郎は言った。

「その傘――。先日話しましたとおり、小川吉右衛門なる浪人が創ったものにございます」

「なんと！」

横で声をあげたのは大高左衛門である。

「なんだ、大高、知っておるのか」

日奈が聞く。

「三年前に国元にて大罪を犯し、御家を出奔したる不届き者と聞き及んでございます」

「別に人を殺したわけじゃないんだから、大げさですよ」

と、これは甚九郎。

「小川さんは、刀も抜いていない。酒席で調子に乗って、民草《たみくさ》の上に立つべきサムライとして到底見逃すことのできぬ上士の不逞《ふてい》を止めただけ――。正しいことをしたのです」

「関係ない。おかみに不逞を成したことが問題なのだ」

「大高様、小川さんは、御殿からなんらかの御処分が下ったわけではなく、自らご退去されたのです」

「言い訳をするな。ともかく、そのような士《もの》と連絡《つなぎ》をとっているとは、貴様、なんという不埒《ふらち》な真似《まね》をしているのだ。これが知れたらお叱りを受けるぞ。貴様だけならかまわぬ。だが上司のわしまで一緒に叱られることになる。困った。困ったぞ」

大高は、慌てる。

甚九郎は馬鹿にしたように言った。

「そうですかぁ？　わたし以外にも、お長屋の連中で居場所を知っている者はたくさんおりますよ。そもそも、小川さんは城下の人気者だったんだし、あの事件の経緯にみんな同情しております。われわれ下士は、気にしていませんよ」

「まったく、これだから若い奴らは――重役のかたがたに知れたら大変だ。とくに、相楽様に知れたら」

相楽、というのは、三年前に吉右衛門が成敗した馬鹿息子の父親の重役である。相楽家は歴代、藤堂家の中老職にある。

「誰も告げ口しませんよ、小心だな」

「なんたる言いざま」

そんなやりとりを聞きながら、日奈は、

「――ふうん。そんなことがあったのか。まあ、あたしは知らないから、どうでもいいわ」

と、あっけらかんとしたものだ。

「ともかく、その小川さんがどうしたの」

「はい。――小川さんは、当家ご退去のあとは、この江戸の町中に棲《す》みて、収入がなく苦労されておりましたが、三年ぶりに、仕官の声がかかったのです」

「まあ。よかったじゃない！」

「どこのお家だ？」

「はい、越後向津藩保坂家です」

「知らぬな」

　とこれは大高。

「小藩でありますゆえ」

「ふうむ」

「今日、その件を、道場にて師匠の神谷先生と談合しているはずなのです。ともかく小川さんの腕があれば問題ないでしょうが、私としては、気になります」

「うまくいくといいわね！」

「はい――ぜひとも」

　甚九郎は頷く。

　日奈は、傘を見て言った。

「あたしも、その小川とやらに会ってみたいな。こんな素敵な傘を作って、お見舞いでございますって言ってくれるなんて――。なんだか面白そうな人じゃない？」

◇

数日後——。

武家長屋で洗濯をしていた甚九郎に大高が言った。

「この前聞いた、越後向津藩保坂家だがな——。ちょっと調べてみた」

なんと——と、甚九郎は驚く。

「大高さん、まさか、あのことを上に告げ口していないでしょうね。武士の風上にもおけませんぞ」

「そんなことをするわけがなかろう。どこかに漏れたら、貴様だけではなく、上司のわしにもお叱りがあるのだから、秘密は守るわい」

「それでいいです」

甚九郎は、下帯をぱんぱんと叩いて、物干し竿にかけた。

「しかし、ちょっと、複雑な問題を抱えた家らしいな、あれは」

大高は言った。

「どういうことですか」

甚九郎は、声を潜めて聞く。

「向津藩は、越後にある小さな藩だが、領内の海に深い入り江があって、湊《みなと》を持っている。そこで舟貿易を行って、なかなか豊かな藩らしい」

「へえ。いいじゃないですか」

「だが、石高はほんの一万石だから、土地も狭く、家臣団も小さい。要は田舎の濃い関係のからみあった家よ。——湊の利権は越後屋という廻船問屋《かいせんどいや》が握っているが、そこから歴代妾を出して、当主の外戚は越後屋だそうな」

「よくある話ではないですか」

「うむ」

「何か問題があるのですか」

「なんでも保坂家は、この商家とずぶずぶなのだという。領内の年貢を金にして越後屋に流し、これを重役どもに還流している。下級藩士どもや領民たちはおいてきぼりにされて搾取されている。少し度を越しているようだな」

「ふむ」

「そして、そんな主家に忠誠を誓い、商家から賄賂を取り放題の上士たち『忠義派』と、そのままでは民の暮らしが立ち行かぬと考える下士団の若者たち『正義派』の争いが絶えぬらしい」

「——よくそんな内情まで分かりましたね。どんな方法を使ったのですか」

「心配するな。小川吉右衛門のことなど、話しておらぬ」

大高は言った。

「江戸は政事周旋の街だ。日本中の大名旗本が一年ごとに在勤し、その間に情報を交換し、利害を調整し、また親睦を深める。こういった町で、公儀重役や大大名の御家の事情などに通じるのは、われら在府の士《もの》の大事な仕事なのだ」

「はあ」

「ゆえに——拙者のような江戸在府のサムライは、古来、蔓《つる》を飼っておってな」

「蔓」

「そうだ——。奥役がお役目を果たすためには、大名の動向に詳しい蔓が必要だ。先日、別件にて両国の居酒屋でこの蔓に会う機会があったから、その際に聞いたのだ。保坂家について知っていることがあれば聞かせよと。良い酒を呑ませたら、ぺらぺらと喋《しゃべ》ってくれたわ」

さらり、と大高は言ったが、内心甚九郎は驚いた。

江戸のサムライは、こんなこともやるのか。

ますます、御家で働くのが嫌になった。

自分も上役になれば、そんな陰気な隠密のような仕事もしなければならないものなのか？——って、そもそも伊賀衆の本業は隠密なのだが。

「正義派の首領は、藩の剣術指南役を勤める工藤又座衛門――」

「え？　なんですって？」

「だから、藩の主流派に異を唱える正義派の主魁《しゅかい》は、工藤又座衛門」

甚九郎は驚いた。

確か、師匠は、小川には藩主の前で工藤又座衛門なるものと試合をしてもらうと言っていた――。

どういうことだろう。

「これがだいぶ過激に藩の不正を糾弾しているというのだ」

「ふうむ」

「これは、一波瀾《ひとはらん》あるぞ。これは悪い筋ではあるまいか」

「そうですかね……」

「それに――」

大高は言った。

「それを、小川に紹介したという玄武流神谷新左エ門とかいう剣客も、どうやら怪しいな」

「はあ」

「神谷は、長年この江戸の剣術界にあって、人脈と伝手を駆使して、何かあれば剣客を都合したり、仕官の世話を焼いたり、はたまた賄賂を送ったり――。どうやらサムライと言うよりは、政事周旋家だよ」

「――――」

「江戸の町には星の数ほど道場があるが、その人脈の間に入って商売する破落戸《ごろつき》のような剣客どもがおる。澤村、お前もせいぜい気を付けろ。堅気の藩士なのだから、その分を弁《わきま》え、慎めよ。わかったな」

◇

翌日。

甚九郎が神田小川町玄武流神谷新左エ門道場に行くと、小川吉右衛門が、激しい稽古をしていた。

太くて重そうな木刀を持ち、若手三名を相手に激しい立ち合いをしている。

がんがんと激しい打ち合いをしたかと思えば、羽目板に相手を叩きつける。

倒れたかと思えば、

「まだ、まだァ!」

と、立ちあがって、向かっていく。

こんなに激しい稽古は見たことがない。

そして、それを見つめる師匠の神谷新左エ門は、厳しい顔つきで神棚の前に座り、微動だにしない。

師範代の檄が飛ぶ。

「しっかり刀の軸を絞らぬか」

「打ち込みが甘いぞ——足だ。足が出ておらんのだ」

小川、必死である。

四半刻に渡る激しい稽古が終わり、汗みどろで荒い息遣いの小川吉右衛門は、師匠の前に頭を下げた。

「はあ、はあ。はあ——勉強させていただきました」

「よし」

「有難うございました」

「試合まであと十日じゃ。必ず、必ず勝て！　油断するではないぞ」

「はっ」

小川は再度頭を深々と下げ、よろよろと道場を後にする。

「小川さん——」

甚九郎はあわてて後を追った。

小川吉右衛門は、御前試合の日程が決まると、傘張りの仕事を減らして剣術の稽古に集中するようになっていた。

半月ほどの稽古で急に腕があがるものではあるまいが、試合ともなれば一閃必勝の気魄《きはく》が勝敗を分ける。

三年に渡る浪人生活で、いったん緩んでしまった気持ちの奥底を引き締めなおし、丹田《たんでん》に気合を入れ直す作業として、徹底的に体を虐める作業がどうしても必要であった。いかに木剣での勝負とはいえ、サムライ同士の試合ともなれば、まかり間違って死に至ることもあるのだ。

井戸で水を浴びて、着物を着る。

だがなお、小川の体からは湯気が立ち上るがごとくである。

「小川さん――どこかで一度落ち着きましょう」

「そうだな」

ふたりは連れ立って須田《すだ》町の角にあった立ち飲みの売り酒屋に入った。

職人や商人の下っ端が入るような安い酒場である。

早い時間にもかかわらず、店内は町方の貧乏人どもの喧騒の中にある。

ふたりは、町人が呑むような安酒《しもんこなから》を注文した。

「お疲れ様です」

「うむ」

そういって杯を掲げる小川の顔が、驚くほどに引き締まり、充実している。

それを見て甚九郎、

（うん、こうでなくっちゃな）

と思った。

戦う男の顔だった。

「小川さん、気合が入っていますね」

「そりゃあそうだ。この一戦で、俺の人生が変わるのだからな」

小川は言った。

「貧窮と屈辱にまみれた三年間の浪人生活とも、これでさらばと言うわけだ。絶対に失敗するわけにはいかぬ」

「はい」

「大名家の指南役ともなれば、その肩書をもって剣壇のものどもとも交流を持てることになる。著名な寄席試合にも出座できるであろう。そうなれば、それらの試合に打ち勝ち、さらに高みを目指すこともできよう。ようやく俺にも、良い風が吹いてきたというわけだ。澤村、この試合、絶対に勝つ」

「勝ってください」

ふたりは、酸味のある安酒をぐっと空け、景気よく夕方の辻へ出た。

するとその目の前に、ばらばらと五人のサムライが飛び出して来た。

「――小川吉右衛門殿とお見受けする！」

五人とも、きちっと羽織袴《はおりはかま》を着て大小を手挟み、髷《まげ》をきりっと結った、若いサムライである。年のころは二十代前半――。

やや血相をかえて青白い顔をしていた。

尋常ならざる様子である。

「何者」

甚九郎は身構えた。

すると小川、悠々たる態度で、

「澤村、やめろ――。皆さま刀の柄の袋を外されてはおらぬ。刀争に及ばんとする様子ではないわ」

と笑い、

「いかにも。伊勢浪人、小川吉右衛門でござる」

と名乗った。

だが、その格好はぼろぼろの継ぎはぎだらけで、髭も鬢《びん》もささくれ立って、足元の草履も使い古した草鞋《わらじ》のように糸が飛び出ている。

立派なのは態度だけであった。

若者は言った。

「どうか、川沿いの料理屋までご足労いただけませんでしょうか——。特段お話ししたき儀がございます」

「ふうむ。暗闇に連れ込んで、いきなりバッサリというわけではあるまいな」

「そんな——われらは、越後向津藩保坂家家中、工藤道場の者でござる。サムライたるもの、そのような卑怯はいたしませぬ」

それを聞いて、小川と甚九郎は顔を見合わせた。

驚いた。

保坂のサムライである。

「念のため、この、澤村甚九郎を同道させるぜ」

「かまいませぬ」

「それに——、俺らァ、この安居酒屋で二十文も使っちまって、すっからかんだ」

「それは、こちらでお支払いします」

「そりゃァ、安心した」

ここで、小川、やっと、ほっとしたような顔をした。

◇

保坂家の若侍たちに連れ込まれたのは神田川沿いに張り出した座敷を持つ、瀟洒《しょうしゃ》な料理屋であった。

入り口で履物を脱ぎ、長い廊下を渡る。

そうして入った奥座敷で、ふたりは思わぬ申し出を受けた——。

「小川様——此度の試合、どうか、負けてくださいませぬか」

五人のうち、首領格らしい男が進み出て、このように言って頭を下げたのだ。

首領格とはいっても、年のころはわずか二十歳前後、まだまだ青臭い顔《かんばせ》である。

「ふうむ？」

小川は、出された酒を舐めながら、首を傾《かし》げた。

同じ酒とはいっても、先ほどの立ち飲み屋で飲んだしもんこなからとは雲泥《うんでい》の差である。

こりゃ美味《うま》い、と言いそうになって、その場の空気を読んでやめたような様子だ。

「どのようなことかな」

小川は聞いた。

「——小川様、わが保坂家の内情は御存じで」

「存じぬ」

「澤村様は？」

「いささか――」

甚九郎が言うと、小川は驚いたような顔をした。

「どういうことだ？」

「わが家中にて御家の噂を聞きました」

「ふうむ」

そういう二人の風情《ふぜい》を見て、若侍は頷き、

「――お恥ずかしい次第でございます」

と言った。

「わが家中の混乱は、天下に知られたること――」

と説明する。

つまり、越後向津保坂藩の家中には、藩主と譜代の重役家を中心とした『忠義派』と、若手・下士らを中心とした『正義派』の二派閥があり、激しい抗争を繰り返していること。

そして、こたび、小川吉右衛門と試合をすることになる工藤又座衛門は『正義派』の若き首魁だというのである。

「ほう――」

小川吉右衛門は、本当に初めて知った風情である。試合をするというのに、相手のことはまったく調べていなかったのだ。

小川らしい。

若侍は、言った。

「工藤又座衛門は、城下の一刀流道場の師範代でございます。その資質は清廉潔白《せいれんけっぱく》、正義に燃え、世の不正を正さんとする偉丈夫であります。剣をとっては向津にかなう者なし。書をとっては城下の僧侶が舌を巻くほど。百姓、商家、工人、どのような身分のものにも分け隔てなく接し、女子供に憧れられている、まさに、藩の宝にございます――」

甚九郎は、それを、背筋を伸ばして聞いていた。

大高が言っていたことと概《おおむ》ね合致する――。

いっぽう、小川は背中をまるめて、鯔《ぼら》の塩焼きの身をむしりながら聞いていたが、ふと、尋ねた。

「その、工藤とやらが、なぜ江戸に来て俺と試合することになったのだ？」

「陰謀にございます」

若いサムライは言った。

「家老の坂本《さかもと》家は代々、城下の廻船問屋越後屋と癒着《ゆちゃく》し、私腹を肥やし、藩政を思うがままにしてまいりました。それだけではなく、下級武士、百姓、漁民どもを搾取するに及んでおります。大事な藩費を御殿をお連れしての遊興に濫費《らんぴ》することもあり、その行い、目に余るものがございます――。その家老坂本と、お歴々と呼ばれる旧家の重役どもこそが『忠義派』でございます」

「――」

「これらの不正を鳴らし、正さんとする若き工藤様を『忠義派』の老人どもは目の仇《かたき》にしておりました。工藤様は、殿が『忠義派』に取り込まれておるとみて、近隣の親戚の御大名かたがたに接触を図りました。そして、事態は変わらぬとあれば、公儀への直訴も辞さぬという姿勢を明らかにしました――。ことここに至り、老人たちは工藤の排除の動きを、急に進めてまいったわけでございます」

「ふうむ」

話を聞く小川の横顔を、甚九郎は見ていた。

その横顔から、心の中は読めぬが、前のめりになって話を聞いているように思えた。

若侍の口から出てくる工藤又座衛門の印象は、そのまま、かつての小川吉右衛門に重なる――。

あの頃、安濃津の岩井道場で師範代の地位にあった小川吉右衛門は、まさに正義の志に燃える若侍だった。

（どのような気持ちで、小川さんはこの話を聞いているのか）

甚九郎は思った。

「国元の老人どもは、御殿の命をもって工藤又座衛門を江戸に召し出し、此度の試合を組みました。工藤先生は、代々御藩の剣術指南役を承るお家の師範代ではありますが、その道場は越後向津にございます。華やかで新しい江戸の剣壇を知りませぬ。言いたくはありませんが、所詮は田舎剣法であります」

「ふむ」

「そこを、忠義派は突いてきました。大事な藩の剣術指南を、そのような者に任せておいて良いのか、と、家老坂本様は御前会議で滔々《とうとう》と説かれ、新たな剣術指南を江戸の剣壇より選抜して召し抱えるべきと主張されました。もし工藤の腕に陰りがあらば、剣術指南役を入れ替える目論見《もくろみ》にございます」

「それで、江戸の剣壇に詳しい、神谷先生に相談があったということだな」

小川は言った。

「はい。そのとおりでございます――」

「この試合で、俺が勝てば、工藤は追放されると」

「然り」

「ふうむ」

小川は、酒を舐めながら、唸った。

沈黙が、座敷を包んだ。

小川、甚九郎、五人の若きサムライたち。

五人の保坂藩士は、緊張して、じっと小川の顔を睨《にら》んでいる。

小川は絞るように聞いた。

「今日、こうやってお前らが俺に会っていることを、工藤とやらは知っているのかい？」

「いえ――。これは、わが独断によるものであります」

「――ふむ」

「工藤様は、このような根回しを好む方ではござらん。今はただ、心身を清め、試合に向けて精神集中を図られております。ですが、われら有志は、座視するに耐えられず、恥を忍んで罷《まか》り越しました。此度の試合、工藤様が負ければ、これまでの苦労はすべて水泡に帰します。われわれ下士のものども、百姓も、漁民も、民への搾取も続くでありましょう。工藤様に勝ってもらわねば困るのです」

「ふうむ」

小川は、体を揺らして、

「――つまり、工藤本人は、このことは知らねえってことだな」

と言った。

「じゃァ、俺も、聞かなかったことにするぜ」

「なんと」

「工藤が知らねえってんなら、俺も聞かなかった――」

「は」

「これは勝負だ――サムライが試合の前に、余計な雑念をいれちゃァならねえよ」

それを聞いた若侍は、青い顔をして、平伏をした。

「そこを、小川様。なにとぞ、なにとぞ。謝礼は用意いたします」

「いらねえよ。帰りな」

「小川様」

「聞こえなかったのかい、帰りな」

小川がぎろり、と睨む。

怒っているのか――。

「は。なにとぞ、なにとぞ」

保坂藩の若侍たちは、その迫力に気圧《けお》されるような風情で、頭を下げながら、その場を逃げるように去って行った。

◇

小川と甚九郎は、しばらくそこに二人でいた。

「どう思ったい？」

小川は、聞いた。

甚九郎は答える。

「彼らの言うことに、嘘はないかと思います。わたしが藩邸で聞いた保坂藩の内情とも、概ね齟齬《そご》はございません」

「ふうむ」

「小川さん、工藤という男、なかなか見どころがありそうな男ではございませんか。話を聞くに小川さんの若き頃とそっくりです。それに保坂藩はずいぶんと問題がありそうな藩ですな。腐敗した老人どもが得をする試合をするのも癪《しゃく》ですね。小川さん、どうです、負けてやりますか？」

「勝つさ――」

小川は、言った。

「お前、今日の稽古を見て、どう思った。負けようという者の稽古に見えたか？」

「いえ、勝つための稽古と見ました」

「そのとおり、俺は勝つさ」

そういって、毟《むし》った魚の身に醤油をたらす。

あまりにあっさりとした言い方に、甚九郎は首をひねった。

「腐敗した藩の悪者どものために勝ち、腐った老人どもの下で仕官するのですか？」

「そうだな」

「今日の若いサムライどもの言葉をいれて、負けようとは思わぬのですか」

「——思わぬ」

魚を口に入れ、小川は言った。

「ですが」

甚九郎は言った。

「越後向津藩の腐敗は、相当なものですよ」

「関係ねえ」

「重役と商家の癒着も根深いもののようですし」

「それがどうした」

小川は言った。

「俺はサムライだぞ——いったん剣を交えて、負けるわけにいかぬよ。相手には相手の事情があるだろう。だがそこを忖度《そんたく》していてはサムライは立ち行かぬ」

「それはそうですが」

「それに、これは、好機だ」

「は？」

「最初ッから、こんなご時世に都合のいい話があるわけはねえと思っていた。御家騒動？　結構だね。こっちとしちゃァ、そこに付け込んで仕官ができる」

「なんと」

「澤村――、この俺が腐敗した連中のために戦うというのが不思議か？　だが、どんな陰謀だろうと、どんな派閥争いだろうと、こんな不景気に大名家の剣術指南役を得る機会など、まずないわ」

「はあ」

「それに、どんな組織にも問題はつきものさ。そうだろ？　俺はな、天下の藤堂家を出奔たてまつってから三年、さまざまに苦労したのだ。藩を辞めたことをさんざん後悔した。もう俺はあの頃の俺ではない」

「そんな」

「いいか――。藩士や御公儀《おかみ》といった身分がある奴らは、酒場なんぞに集まって、さんざん御家や上司の悪口を言いやがる。だがそれは俺から見れば甘えだよ。組織なんざ常に何か問題を抱えている。正しくなんかできていない。須《すべか》らく腐敗しているんだ。だが、その分、大勢の人間が食っていける。誰かが悪を担《にな》って大勢の善人を食わせている。それが組織だ。つぶれていなければ上等だよ」

「——はあ——」

「無職よりましだ」

「は」

「もう一度言うぞ。それでも、無職よりはましなんだよ！」

小川は、押し付けるように、言った。

「小川さん」

甚九郎は、その気魄のようなものに圧されて、黙った。

「浪人はな、仕事がないんだ。そのへんの乞食《おこも》といっしょだよ」

「そんな」

「サムライは主家があって初めてサムライだ。御家にあって、給金なり、扶持なりをもらって初めて成り立つ。どんなに駄目な家でも構わねえ。主家は必要だ。そこから全て始まるんだ。たとえ一万石だろうが、老人だらけだろうが、大名なら立派なもんさ。だから、俺は、勝つ。這《は》ってでも、職を得てやるんだ」

「はあ」

「向こうには向こうの事情もあるのだろう。だが、俺だって、必死なんだ。こんな機会は滅多にないんだ。勝つぞ」

「――――」

「まあ、心配するな」

吉右衛門はそう言うと、手を伸ばして、甚九郎の肩を叩いた。

甚九郎は、何も言えずに下を向いた。

なんだろう。

なにか割り切れない気持ちが残った。

自分が知っている吉右衛門と、言っていることがどうも嚙み合わない気がしたのだ。

◇

ふたりが残りの酒と肴《さかな》をすべてやっつけ、店の玄関から外に出ようとすると、いつの間にか、神田の町には雨が降っていた。

下足番のじいさんが、大きな樽《たる》に入った番傘を出してくれた。

店の貸傘だった。

「安い傘ですが、よかったら使ってください」

「ありがとう」

小川は、それを見下ろし、その中の一つを手に取り、開いてみた——。

ぼろぼろの破れ傘だった。

内側の骨が、二、三本折れて、内側に曲がっている。

下足番のじいさんが、

「おっと、いけません。捨てておけばよかった。破れ傘はこちらへ寄越《よこ》してください」

と言った。

だが、小川は、

「いやいや、紙が少し破れているだけだ。充分使える。ありがとう」

と言った。

「でも」

「立派な傘だ」

小川は言う。

甚九郎は、首をかしげた。

「そうですか？　半分壊れているじゃァないですか」

「立派な傘さ。見てみろ——」

と小川は、傘の内側を見せて、開いたり、閉じたりしてみせた。

「この竹の軸の一番上と、一番下――。これが傘ろくろだ。ここが全然、壊れていねえ。見事に開いたり閉じたりするだろう？　傘はな、このろくろさえ壊れなければ、いくらでも直して使えるンだ」

「はあ」

「外見は関係ねえ。こいつはな、外から見えねえ。だが、この小さな部品こそが肝心なんだ。こいつが残っていりゃァ、紙が破れようが、骨が二三本折れようが、傘ってもんは何度でも再生する――」

「――――」

「外から見えねえ。ここが、大事なんだよ――」

◇

十日後――。

江戸府下小石川《こいしかわ》の向津藩保坂家上屋敷中庭において、藩主保坂上総守臨席のうえ、藩剣術師範工藤又座衛門と、伊勢浪人小川吉右衛門の試合が執り行われた。

庭には清らかな幔幕《まんまく》が張られ、座敷には重役を従えた保坂上総守が座る。

東に、工藤又座衛門。

眉がくろぐろと豊かで、鼻筋はふとく目が鋭く細い、いかにも強そうなサムライだった。どん、と構えると、梃子《てこ》でも動かぬような体つきだ。背後には、その弟子たちらしき若い藩士たちが、緊張の面持ちで二十人以上、控えている。その中には、あの日、小川に直訴に来た若侍たちも混じっていた。

西に、小川吉右衛門――。

こちらもまた、落ち着いた様子。

襷《たすき》に、目印の赤い布切れを下げている。

上背が高く、やせて見えるが、その筋骨はしっかりと鍛え上げられていた。

背後には、下に従者として澤村甚九郎、そして少し離れて上座には、後見として神谷新左エ門が裃《かみしも》を付けて座っていた。

審判役は、神谷の友人の、市谷《いちがや》加《か》賀《が》町《ちょう》広栄館《こうえいかん》館主、秋山貞任《あきやまさだとう》。これも江戸では著名な剣術家である。これだけでもこの試合への江戸の剣壇の注目度合いが分かろうというものだった。秋山は神谷よりも小柄な老人だが、その背中にぴいんと鉄条を嵌めたかのように矍鑠としている。

秋山は、両者を見て、閉じた白扇を掲げ、

「はじめいッ」

と甲高い声で叫んだ。

両者、端正な鉢巻き襷がけの姿で、すかさずぴたりと正眼《せいがん》に構えた。
しん、と場が静まった。
風も止み、木々も動かない。
青空にうかぶ雲さえも、止まって見えた。
ふたりは正対したまま、動かない。
東に息を呑んで見つめる正義派の若いサムライども。
西に正座する澤村甚九郎。
ともに、場の均整が乱れることを恐れて、微動だにしない。
やがて。
「き、えーいッ」
と工藤が気合を入れた。
小川、動かない。
さらに静止。
場の緊張が耐えがたく張り詰め切ったとき、じゃり、と足元の石が鳴る。
小川がわずかに体位を右に動かしたのである。
石が鳴らねば、気づかぬほどのすり足であった。
再び、緊迫した静止——。

思えばわずかな間であったのかもしれぬが、甚九郎にはそれが、まるで屏風《びょうぶ》に描かれた絵のように永遠に止まっているかのように感じられた。

次の瞬間。

「!」

まばたきをするほどの間に、小川が飛び込んだ。

工藤、避ける。

また正対した。

ごくり、と座敷にある保坂上総守が、つばを飲み込むのがわかった。

(がんばれ、小川さん!)

甚九郎は、膝の上に置いた両手の指が手のひらにめりこむほどに手に汗をにぎり、奥歯を噛みしめてそれを見ていた。

大丈夫。

力量は、吉右衛門のほうが上とみた。

「えいっ」

「応ッ」

お互いに、気合を入れる。

その両者の表情には、精気が横溢《おういつ》している。

「む、むう」

神谷が唸る。

「す、凄い——」

居並ぶ重役どもの席から唸り声が聞こえたとき——。

ふたりは、機を同じくして、お互い走り寄った。

そして、一転。

近間における激しい打ち合いとなった。

がっ、がち、ごっ、と木刀と木刀が嚙み合う音がした。

まかり間違って面に入れば、即死するに違いない。

音を聞くだけで痛みを感じるような打ち合いだ。

がっ、がっ、がっ、と打ち合いながら、だんだんと間合いが近づき、やがて、鍔《つば》ぜり合いになった。

「うっ」

「くう」

ふたりは渾身《こんしん》の力をこめて、ごりごりと相手の小手を虐めあう。

どれぐらいそうしていたであろうか。

一瞬の隙をついたところで、吉右衛門が工藤を、どん、と押し、相手の体位がわずかにズレたところに両手を激しく摺《す》りあげ、右片手で、工藤の張り出た額を打ち込んだ。

(右片手面！)

甚九郎が声を出しそうになった。

小川吉右衛門の得意技である。

しかし、工藤は体位を沈めるが早いか、ザッという短い音を残して跳躍して左へ踏み込み、木刀で小川の右胴を薙《な》ぐように切った。

「しまった！」

「勝ったり！」

ふたりの剣士は、その場でお互いに残心したまま審判を見た。

「白ッ！」

サッ、と秋山の白扇が工藤を指した。

「なんとッ」

工藤の勝ちである。

「お、小川さん――」

「むう、残念ッ」

小川吉右衛門の眉は、鬼のように吊り上がっている――。

「負けた――ッ。この俺が、負けたッ」

わっ、と工藤の背後に控えた若いサムライたちが歓声をあげた。

工藤はそのまま残心を残してうしろに下がり、作法通りに木刀を納めた。

「見事である」

苦々しげに、保坂上総守が言った。

縁に座った重役どもは、ひとえに苦虫を噛みつぶしたような顔つきで、小川を睨んでいる。

背後の神谷新左エ門も同様であった。

なんだ、所詮、浪人などは役立たずであったな、そんな嫌みが聞こえてきそうな空気が満ちている。

両者、膝をついて頭を下げる。

「工藤に褒美をとらせよ——」

上総守はそう言い、さっさとその場を立ち去った。

◇

「なんだ。負けちゃったの——」

飴玉《あめだま》を舐めながら、日奈姫は言った。

翌日の、己丑庵である。

「は――。残念です」

甚九郎は、いかにも悔しそうに奥歯を嚙みしめた。

「でも、木刀での試合だったんでしょ。死んだわけでもあるまいに」

「サムライにとっては、そのような軽い話ではございません。小川さんは、この試合で天下に恥を搔いた――。雪辱を晴らすまで、剣客としては立ちゆきませぬ」

「そんなもんなの」

「はい……。一刻も早く次を企画し、その試合に勝たねば――」

「ふうん」

日奈は、足をだらしなく投げだしながら、

「なんか、面倒なのね。ばっかみたい」

と言った。

「それが剣客の世のならいでございまして」

「ふうん――」

「ゆえに、師匠の神谷新左エ門先生は、大変なお怒りで――。貴様、わしの顔に泥を塗りおったな、よくも負けた。ふざけるな、と」

「なにそれ」

「貴様のような者は、顔を洗って出直せい、とのお言葉」

「ふざけた話ね——。小川さんを推薦したのはそいつでしょ？　どれほど偉いんだか知らないけど、もう少し、かける言葉があるんじゃないの？」

「町道場というものは、評判により成り立つものですから。先生も、自分の手配がうまくいかなかったのでお怒りなのでしょう」

「そんなくだらない男のやっている道場など、やめてしまいなさい」

「え？」

「馬鹿でしょ、そいつ」

「は——」

あっけらかん、と日奈は言った。

「男の価値は、口に入るものじゃあなくて、口から出てくるもので決まるっていうじゃない。試合に負けたばかりの弟子に、そんな下らないことしか言えない男なんて、たいした男じゃないわよ。やめな、やめな、そんな道場」

「姫様——」

「あたしがまだ日本橋の町娘だった頃、よく歌舞伎を見に行ったものだけどもね、蝦蔵《えびぞう》やら羽左衛門《うざえもん》やらが演《や》る二枚目は、気は優しくて力持ち。強いものには堂々と非を鳴らし、弱いものには優しく声をかけるってもの。それが惻隠《そくいん》の情ってやつでしょうよ。あれが江戸のサムライじゃァないのかね。ああ、情けない。いい年こいて、負けたばかりの弟子にそんなことしか言えない男なぞ、サムライじゃァないよ」

「あ――」

その思い切った物言いに、甚九郎は、ぽかん、と口をあけた。

だが、そう言われればその通りだ。

日奈の言う通りではないか。

なんだか、言われてすっきりした。

うん。

あの道場はやめよう。

別に、いいや。

そもそも不純な理由で入った道場である。

小川がいなくなれば残る価値もあるまい。

素直にそう思った。

「――以前、あたしが落ち込んだ時に、小川さんから傘をもらったわ。これは、あたしからも、贈り物をさせていただかねばなるまいね」

「は……なにを？」

「山本」

日奈は、老女の山本を呼んで、言った。

「――こういう時は、穴八幡《あなはちまん》様よ。名物のゆず飴とお守りを買ってきてあげて」

「はい」

山本はいったん頭を下げておき、

「でも、お嬢様――。ゆず飴は町人の名物でありますよ。御武家様のお口にあいますかどうか。それに穴八幡様は商売の神様で、御武家は関係ないではありませんか」

と聞いた。

「関係ないわよ。戦《いくさ》なんざァ、二百年前で終わってる。今は天下泰平。サムライが商人の真似をして、商人がサムライの真似をしているってご時世なんだから、どうでもいいじゃない――おサムライさまに、町人のお守りをあげて、なにが悪いっていうのさ」

「お嬢様」

「あたしなんざぁ、町の育ちなのに、今じゃ、こんな屋敷で武家の娘だ。情けなくって涙が出るわ。試合に負けて悔しい時に、武家も商家もあるもんかね。今は時期じゃァないから、御札《おふだ》は出ないかもしれないけど、せめて八幡様の御守りだけでも小川様に届けたいってえのは、人情じゃないか」

「はい」

山本はにこりと笑って、頷き、

「では、そういたします」

と言った。

日奈は、説明する。

「いい、澤村、よく聞いて――」

「はい」

「江戸の町方で人気の、穴八幡様の御守りにはね、『一陽来復』てぇ、おまじないが書いてあるんだ。『一陽来復』とはね、冬至《とうじ》の一番寒くて夜が長い朝、一番暗い漆黒の闇の中に差してくる、お天道様の最初の一筋を指す言葉なのさ。転じて、夜明け前は一番暗いけれど、その暗闇を耐えたあとには、新しく生まれ変わった光が差しこんできて、あんたの進むべき道を、照らしてくれる。真ッ暗闇に見えて、それは、新しい朝にあるべき、ご来復の準備なんだよ――そういう意味なんだ。どうだい？」

「素晴らしいですな」

「だろう？ そんなありがたい御守りを、町方だけに限っておくなんてけちじゃあいけない。そうじゃないかい？」

日奈はそう言った。

甚九郎は、その江戸弁の勢いに圧倒されて、ただ目をまん丸にして聞いていただけだったが、思えば、その通りだと思った。

（夜明け前が、一番暗い――）

そうか。

江戸者というものは面白いことを言うものだ。

甚九郎は、

「ありがとうございます。小川さんも喜びます――。山本殿。八幡様には、拙者も一緒に行きますれば」

と言った。

「おや、そうですか。では一緒に参りましょう。せいぜいこの婆も、お守りください。御守役なのですから、少しは働いてもらわないと」

山本は笑う。

三人は、ひとしきりそうやって己丑庵の狭い内庭をみていたが、ふと、日奈は言った。

「でもさ――」

「は」

「小川さんって、本当に負けたのかな？」

「と、言いますと？」

「――わざと負けていたりして」

日奈は言った。

「この前言っていたじゃない。小川さんはもともと安濃津の城下町では一番の剣客だったと。百戦連勝、誰もかなわないほどの剣客だったと。それに、その神田の、なんていったっけ、神谷とか言う老剣客も、一目見て、すぐ、あ、これは使えるぞ、と思うほどだったわけでしょ」

「はい」

「それにその、越後向津藩の若いひとたちは、工藤とやらはとうてい小川さんにかなうまいと思ったから、負けて欲しいと頼みに来たわけじゃない。それほどのサムライが、ちゃんと準備して臨んだ試合で、そんなにあっさり負けるかしらね？」

「あ」

「それに、小川さんは、故郷で、重役の息子の無体を許せずに成敗して御家から逐電したほどに正義感の強いひと。そんなひとの心根が、そんなに簡単に変わるものなのかなあ？口ではなんとでも言うでしょう。立場や行きがかりで、心にもないことを言わなければならないこともあるでしょう。自分を奮い立たせるために、威勢のいいことも言うかもしれないわよ。でも、心の奥底で小川さんが、その工藤さんや向津保坂藩の若いひとたちの気持ちにひどく同情していたとしたら――。小川さんはそういうひとじゃないかしら。優しくて、正しいの。いくら悪ぶっても、最後には、正義につく――。そうじゃなければ、あたしみたいな、みそっかすの姫のために、こんな綺麗な傘はくださらないわ。どう思う？」

「――――」

「今回の試合、勝って誰が得するの？　でも、負けたことでみんな幸せになった――」

「姫様は、此度の敗戦は、わざとであったと？」

甚九郎は、聞いた。

「わからないけど」

日奈は、首をかしげて言った。

「あたしは、小川さんに会ったことはないけど。あんたと大高から聞く小川さんの人柄を想像するに、わざと負けても不思議ではないなあと思ったのよ」

　その視線の先には、小川が日奈に贈ったあの蛇の目傘が、きちんと折りたたまれて立てかけてあった。

◇

　数日後――。
　澤村甚九郎が神田松枝町のぼろ長屋の路地に入っていくと、小川吉右衛門は、四畳半の部屋の前の陽だまりに縁台を出して、何やら手のひらに包み込まれるほどの小さな木片を、ぱちん、ぱちんと動かして見つめていた。

「なにやってンですか」

甚九郎が声をかけると、

「傘ろくろだよ――」

と笑った。

「いや、本当によくできたものだ。これを創る職人の腕の、確かなことよ」

小川はその木片を弄《いら》うことをやめない。

その無邪気で優しい姿を見ていると、先日、日奈姫が言った言葉が、なにか大きな説得力をもって心の中に迫ってきた。

このひとは、ひとの痛みがわかるひとなのだ。

同情するとすればあの若侍たちであり、藩の重役たちではない。

そんな気がする。

「小川さん――」

甚九郎は聞いてみた。

「小川さん、わざと負けたのですか？」

「何を？」

「試合を、です」

「馬鹿な」

吉右衛門は、首をふった。

「そんなわけはなかろう」

「そうですか？」

「工藤又座衛門は立派な剣客であった。その気性がそうさせたのか、まっすぐな、実にまっすぐな剣筋であったよ」

「ですが、小川吉右衛門ほどじゃない」

「え？」

「勝てたはずです。わたしは、小川吉右衛門がどんな剣客か知っています。そのわたしが言うんだ。小川さんは、勝てたはずです。なぜ負けたのですか？」

「いや――」

小川は、ふたたび手元の傘ろくろをぱちぱちといじりながら、言った。

「負けたんだよ――」

「小川さん」

「正確に言えば」

そして顔をあげ――。

「勝てたかもしれないが、自分の心に迷いが生まれ、そして負けた。剣技ではない。剣技は確かに、俺のほうが上だった。だが、気力で負けたんだ――」

「なぜ？」

「あの男、必死であった」

「でも、小川さんだって必死だったでしょう？」

「もちろん、必死だったさ。だが、なあ――」

小川は自嘲《じちょう》気味に笑った。

「試合の途中で、なんだか急に。とても、面倒になってしまってな――」

「面倒に？」

「工藤は、あの試合に命を懸けていた。きっと愛する故郷を守るために、なんとしてもこの試合で勝たねばならぬと思い極めていたのであろう。仲間たちを守るためにも、自分の信念のためにも、なんとしても勝つのだと、必死だった」

「はい」

「だが俺は、試合中に、あやつの後ろに控えて座っていた若いサムライたちの顔が目に入ってしまってな。なんだか急に、面倒くさくなって、かったりーなー、と思ってしまったのだ」

小川は言った。

「たぶん、あのまま戦っていれば勝てた。だが、あの、鍔ぜり合いのとき――気持ちに生まれたそんな、隙のようなものに囚《とら》われてしまい、わずかに体の動きが遅れた。そして、負けた」

「なんと」

「まいったなァ。あんなに、浪人は嫌だ、仕官がしたい、と思っていたのに、やっと貧乏を抜け出せると思ったのに。それなのに——」

「——それなのに？」

「いざ、新たな職が見つかって、どうやらそれが手に入れられそうだと思った瞬間、ああ、また、あの、仕事の面倒くさいアレコレの中に飛び込むのか、それも面倒だなあ、という気分が腹の底から湧き上がってきて、いきなりとても暗い気持ちになってしまったんだ。あれは同情なんかじゃなかった。安っぽい正義でもなかった。あれは、言うなれば、体の奥底から湧いてくる疲労のようなものだった……」

「なんと」

「それが甘えだということはわかっている。こんなこと、まっとうな大人がいうことじゃない。誰もが、それぞれの事情の中で、面倒くさいあれこれをこなして、元気に頑張って生きている。俺もサムライだ。生きるためには、その世間のあれこれなど、堂々と背負わねばならぬ——。だが、あの瞬間、そんな世間のありようが、どうしようもなく面倒くさくなってしまった。世間のあれこれ、人間のあれこれが、かったるいな、と思ってしまった」

「小川さん」

「つくづく、俺は、駄目な男だ」

「そんな」

「わざと負けたわけじゃない。勝ちたかった。なんとしても。自分の人生を変えたかった。だが、負けた。本当に負けたんだ」

「――」

「なぜだろう。風が吹いているときは、どんな試合も、軽々と勝つことができる。だが、いったん負けの流れに入ると、勝てそうな試合すら勝てなくなる――気持ちの問題だ。わかっているんだ。わかっているのに」

小川は、絞り出すように言った。

「今の俺には、御家やこの世がそれぞれに持っている、どうでもいい問題と対峙《たいじ》するだけの気力が、どうしても湧いてこない。仕事自体はいい。肉体労働だろうが、剣術だろうが、なんでもやってやるさ。だが、そこには必ず派閥争いなり人間関係なりがあるだろう？そいつがどうにも面倒くさい。こんな俺は変かなあ」

「変ではありませんが、多少、子供っぽいかと」

「そうだよなあ。本当に自分が嫌になる」

「――」

「あの工藤と言うサムライは、若かった。まだこの世と向き合う気力があった。そして、心のどこかで、それを楽しんでいる。心の奥底では御家の中の派閥争いを通して、自分の我を押し通して出世することを楽しんでいる――そういう顔をしておった。だが俺にはもうそういう気力がない。知らねー藩の、知らねー人間関係なんざ、どうでもいいさ。面倒だよ」

そう言いながら、小川吉右衛門は、脇にあった竿を手に取り、傘ろくろを取り付けて、動かしている。

小川は、顔もあげずに続けた。

「藤堂藩を出奔してサムライを辞めてから、いちばん変わったのは、実は、ここなのだ。俺は疲れて自分の心に嘘をつくだけの気力を失ってしまった。自分の心など叩き直して、しっかりしなければならない。贅沢を言わずに、どんなに嫌なことでもしっかりやりきらねばならぬ。そう思いながら、もう、自分の心根にどうしても若き日のあの力がこもらぬ――。全てが、つまらない。つまらないんだよ」

「――子供じゃないんですから」

「そうだよなあ。馬鹿だ。俺は本当に、馬鹿だ」

聞きながら、甚九郎は、ややいらついていた。

頼むよ、そんなこと言わないでくれよ、と思っていた。

小川は続ける。

「まったく、此度のこと、俺は自分に愛想がつきた。サムライとして千載一遇の好機だったのに。まともな人生を取り戻す、最後の機会だったのかもしれないというのに」

「小川さん」

「どうしてこうなってしまったのか。だが情けないことに、最近の俺はどうしても『本当のこと』などという、どうでもいいことを、知りたくて仕方がない」

と、小川は手の中の小さな木片を見せる。

「これを見てくれ。傘ろくろだ。傘と言うものは、この小さなろくろが動かしている。このろくろは外からは見えないが、傘そのものを動かす、凄い部品なんだ――。で、あれば」

「で、あれば？」

「この世を、本当に動かしているろくろは、なんであろうの」

「――」

「ひとの心を動かしているろくろは、いったい、なんであろう」

そう言うと小川は立ち上がり、こき、こきと肩を鳴らした。

そして、寂しげに甚九郎に笑いかけると、くるりと背を向けて、自分の部屋に入り、そのまま扉を閉じてしまった。

甚九郎はため息をついて、その戸の前に進む。

「小川さん——。大変、失礼しました」

そう言って、戸の前に、手に持っていた風呂敷を置く。

「ここに、姫様からのお見舞いの品を置いてゆきます。日奈姫様におかれましては、これをお渡ししろとのお達しでございます。『一陽来復』のお守りと名物のゆず飴。これは、夜明け前が一番暗いが、やがてその夜は明けるだろう、という意味の、江戸の町人どもが持ち歩く『お守り』なのだそうです」

「ふむ。夜明け前か」

扉ごしに、声が聞こえた。

「はい——」

「夜明け前、かあ」

甚九郎はそのまま、その場を離れた。

扉の向こうで、小川が泣いているような気がしたからだ。

脇差一本

その日、澤村甚九郎は組頭の大高左衛門や同僚たちとともに、長屋の前の空き地に莚《むしろ》を敷いて、梅を干していた。

梅干しは伊勢の名物である。

塩をたっぷりと効かせて、きつく漬ける。

これがたまらなく美味《うま》いのだ。

「水戸、紀州、信州――江戸には様々な国の梅干しが出回っているが、やはり、故郷の梅が一番うまいなあ」

「いかにも、いかにも」

甚九郎は、下男下女たちにまじって、裾を町人のように端折《はしょ》り、寄ってくる蠅《はえ》を追ったり形の悪いものをひっくり返してみたりと作業に余念がない。

するとそこに、立派な着物を着た上士の相楽監物《けんもつ》が通りかかり、からかうように言った。

「――なんだ、なんだ、サムライが下男に混じって」

監物は、藩祖高虎《たかとら》以来、藩の枢軸を担ってきた譜代の重臣、相楽家の嫡男であり、今は馬廻《うままわ》り役にあった。次期中老とも家老とも目される将来有望な男であり、若い上士たちの大将格でもある。

恰幅《かっぷく》がよく、胸板も厚くて、丸く低い鼻の下に、分厚い唇——声が大きく、元気で快活な男であったが、多少粗暴の気があって口が悪く、身分の低いものを人間とも思わぬところがある。

盛り場で酔って娘にいたずらするなどはしょっちゅうであり、実は、小川吉右衛門が国元で殴ったのはこの男なのだ——。

「これは、相楽様」

にこにこと大高が頭を下げて言った。

「はい、梅はわが国の名物にございますゆえ、ないがしろにはできません。故郷では皆、総出ですからな」

「だが、ここは江戸だ。他藩への聞こえもあろう。梅干しなどは下男どもに任せ、士分のものが軽々に紫蘇《しそ》など揉《も》むな」

それを聞きながら、甚九郎は桶《おけ》の紫蘇を、盛大に揉みつつ、

(何言ってやがんでぇ)

と思った。

（田舎じゃァ、てめえの屋敷でも梅を漬けるだろうが。俺の屋敷じゃ、兄貴から妹から総出だぞ――）

「ははは、そうですな、お恥ずかしい」

大高もにこにこと相手にしながらも、手を止めない。肉厚の梅干しが楽しみで仕方がないのだ。

また一方で、ひと月前に梅酒も仕込んである。

まだ浅かろうが、作業のあとにみんなで味見することになっている。これも楽しみなのだ。止めるわけがない。

すると、相楽は急に真面目《まじめ》な顔になって、言った。

「いやいや、からかって済まなかった。実は笑いごとではないのだ。実は急に、久居の高《たか》兄《さわ》様がお渡りありたいとおっしゃってな」

「え？　高兄様が？　今からですか」

「そうなのだ――。それで中庭を覗《のぞ》いてみたら、このありさまだ――どうしたものか。今から梅を倉に入れるわけにもいくまいなあ」

「そ、そうですな」

するとその時、正門のほうでがやがやと音がして、大勢のサムライたちが屋敷に入ってくる気配がした。

「──いや、本家の皆様、急に申し訳ない」

「若殿にあらせられては、特に準備は不要とのこと。特段のことはしなくてよい」

そんな大きな声が聞こえる。

分家のサムライどもである。

「と、おっしゃられても」

本家の門番の声が聞こえる。

それはそうであろう。いくら特段のことはしなくていいと言われても相手は大名である。

まさか、梅干しの中を歩かせるわけにもいくまい。

相楽と大高は顔を見合わせた。

すると、その後すぐに、

「あ、殿──」

「こ、これはこれは」

「すぐに、前田内匠頭《ごかろう》様をお呼びします」

などという上役の声が聞こえる。

どうやら、分家の殿様、気さくに屋敷に入ってきたらしい。

実は、分家久居藩の江戸屋敷は、和泉橋の本家上屋敷のすぐ近くである。目と鼻の先といえば鼻の先なのだ。

だが、町人じゃないのだから、ちょいと顔を出されても困る。

続いて、久居藩当主の藤堂高兌の快活な声が聞こえた。

「苦しゅうない。さきほど、ふと、思い立ってな。時間ができた故、急に来た。何も気を遣うな。前触れなしに来たわしが悪いのだ」

藤堂高兌は、甚九郎たちの殿様である藤堂高嶷《たかさと》の実子である。高嶷が分家から本家に入ったあと、分家の当主に入った次男だ。

本家の津藩が、百姓一揆だ、解き放ちだ、となにかと施政の評判が悪いのに対し、分家の久居藩は、藩士の意識改革を成功させ、学問所や道場を整備するなど、領民からも良政を慕われている。

その藩政を主導する高兌も、ともかく評判が良かった。

つまり分家の施政はうまくいっており、心なしかサムライどもの顔つきも、本家よりも明るい。

「さて――。わたしがここへ来たのは他でもない。妹の顔を見ようかと思ってな」

「妹？」

「日奈だよ。日奈姫だ。ずいぶん顔を見ておらぬぞ。どこにおる」

「え。えええええ！」

本家用人の神内《かみうち》忠左《ちゅうざ》衛門《えもん》の驚愕《きょうがく》した声が聞こえた。

「章善院《しょうぜんいん》様（高嶷正室　中川久貞娘）にはお会いしなくて、よろしいので？」

「ああ、そうだな。御義母《おかあ》様には今度、しっかりと威儀を正してお会いしよう。だが、日奈とは気楽に会えるものだと思っておる。手配せよ」

　重役の神内は慌てたようだった。

　日奈は、藤堂家において数ある愛妾やその娘たちの中で最も身分が低く、いわゆる殿の捨扶持《すてぶち》で面倒を見ているという位置づけである。普段、誰も存在を気にしていない。

「ええっと、日奈様。日奈様はどうしておられるのか。日奈様の御守役は誰だったかな――？」

「はっ。奥役大高左衛門配下、澤村甚九郎でございます」

「さ、澤村――聞かぬ名だな。まあいい。すぐここへ呼べ」

「はっ」

「――若殿様がお呼びであると言ってな。急がせよ」

　若殿とは、高兌の呼び名である。

　それを中庭で聞いていた、大高と甚九郎は顔を見合わせた。

　慌てて井戸水で手を洗い、お互いの着物の裾を直して、ぱたぱたと叩き合ったあと、門のほうへ走り、平伏する。

「大高左衛門でございます」

「澤村甚九郎にございます――」

「む」

その様子を見た藤堂高兌は口をへの字に曲げる。

「なんだ、貴様、梅を漬けておったのか」

「は。申し訳ございません――。今、紫蘇を採んでおりました」

「はっはっはっは。よい、よい。伊勢ッポらしいわ。日奈に会わせてくれ」

「承知いたしました。中奥書院にてお待ちください。すぐにお連れを――」

「いや、わしが居室に行こう」

「え？」

「実はな、日奈の暮らしぶりを、この目で見てやろうと思うてな。わざと、急に来たというわけなのだ」

◇

こうして藤堂高兌は、澤村甚九郎の案内で、広大な藤堂上屋敷を北東の角まで歩き、日奈姫を訪ねることとなった。

おりしも日奈は、華道の稽古中であった。

高家にも教えたことがあるという津田美津《つだみつ》女なるでっぷりと太った老女が、自宅のある谷中《やなか》からやってきて、びしびしと教える。

あまりに手厳しく教えるので、日奈は時々、

「あの鬼ばばあ！」

と、耳をふさぎたくなるほどの悪口を言うが、傍《はた》で見ている分には、日奈の生ける花が、あまりに酷《ひど》いのである。

「ちょ、ちょっとお待ちください」

甚九郎は、高兌を控えに待たせておいて、梅紫蘇の染みだらけの着物のまま己丑庵に飛び込み、若殿がおいでです、と先ぶれをした。

すると、山本や下女は、あわてて鋏《はさみ》やら剣山《けんざん》やらの片付けを始めた。

それを見て日奈は、あからさまにほっとした声を出す。

「ああ、よかった。助かった」

「なんですか、はしたない」

「おしまい、おしまい。今日の稽古はもういいね」

「日奈様――。そんなことではいつまでも武家の娘として立ち行きませんよ。今日はこれまでに致しますが、すぐ三日後に参ります。今日お教えした鋏の入れ方を、しっかりさらっておいてくださいね。次は、夏椿の枝を生けます」

「もお、いいよお〜」

部屋が片付けられるのを待ちながら、控えで待っていた若殿は、そんなやりとりをにこにこと聞いている。

やがて部屋があき、山本の案内にしたがって若殿は居間に入り、床を背に上座に座った。

「稽古中にすまぬなあ」

あまりすまないと思っていないような言い方である。

日奈は上座を譲り、下にちょこんと座り、

「お兄さま——いらっしゃいませ」

と、型通りの挨拶をする。

「この床の間の花は、日奈が生けたものか？」

「いえ——」

と、これは山本。

「畏れながら、津田の美津先生の御花でございます。残念ながら、我が姫様におかれましては、すべてにがさつにできておりまして」

「失礼な——」

日奈は、ぷっと頬を膨らませる。

その顔をみて、さらに笑った高兌は、周囲を見回し、

「この己丑庵とやら、小体だが瀟洒でよい作りだな。なかなか暮らしやすそうじゃ。だが、場所と名前が気に入らぬ。丑寅《うしとら》にあって己丑庵とは……」

と快活に言う。

甚九郎は、大高、相楽や、山本、それに若殿にぞろぞろとくっついてきた分家のおつきのサムライどもと一緒に下の間に控えていた。

明るい声が、こちらにも聞こえてくる。

「どうだ、日奈、この屋敷での暮らしは」

高発の声かけに、本来ならば、畏れ入るべきだろうが、日奈はそのようなタマではない。

「どうもこうも――。今のやり取りを聞いていなかったのですか」

「聞いておったわ」

「町方の生まれのあたしにゃァ、どうにも窮屈でいけません」

「町方といっても、お前の実家は日本橋の大店ではないか。大店の娘であれば、花のひとつも生けて、茶のひとつも点《た》てられなければ立ち行くまい」

「よくぞ言ってくださいました」

ふたたび言葉を挟んだのは、山本である。

「若殿様のおっしゃるとおり、お嬢様の不器用は、町方の育ちとか、武家の育ちとか、そういうことは関係ありません。要は、やる気の問題でございます」

「うるさいなあ」

日奈は不機嫌そうだ。

「——そもそも、あたしにお花は無理なのよ」

「そうか。日奈は、花は苦手か……。では、和歌や香はどうだ？　国元の姫たちは、源氏物語などを読んで和歌に夢中になっておると聞く。興味はないのか？」

「ないですねえ——。和歌なんざやってると、頭が痛くなっちゃうんですよ。そもそも和歌を習ったところで、歌を送る光源氏が江戸にいるわけもあるまいし」

「ふうむ——」

「もうここで、いっぱしの武家の娘になるための稽古ごとばかりをやって暮らすってのは飽きました。そろそろ町に出る御許可をいただきたいのですけれどね。国元の大殿様はなんて言っておられるのでしょうかね」

「父上は、ご心配なのだ——。今しばらく待つがいいぞ」

「何が心配なのかなあ。いつになったら、あたしは町を自由に歩き回れるようになるものですかねえ」

「ふむ——。だが、お前も今は藤堂家三十二万石の姫なのだ。大名の娘が気軽に日本橋あたりを歩き回るわけにはいくまい」

「そりゃァ、分かりますがね——。だけど、こちとら元は江戸っ娘です。たまには芝居に川遊びと洒落《しゃれ》ないと、肩が凝ってたまりません」

それを聞いて、高兌は嬉しそうに頷き、

「ははは、思ったとおり、お前と話していると楽しくなるな」

と首をふった。

そこへ下女のいとが茶を運んでくる。

高兌はそれを、呑んだうえ、笑う。

「ふさぎこんでいるといけないと思って、前触れなしで乗り込んできたわけだが、元気そうでなによりだ」

「今の話の、どこが元気なんですかね」

「充分だ」

高兌は、誠実で真面目な性分で、どこまでも澄んだ目をした若者だ。

父の高嶷が、若かった時代に吉原で遊び、町方で喧嘩騒動を起こしたこともある磊落《らいらく》な性格であるのに対し、どこまでも質素で、すべてに政務を優先するところがある。

その高兌は言葉をさぐるように言った。

「そうかぁ。ふむ、ふむ。日奈は、自由に外を歩き回りたい、か。——それは江戸でなければ駄目か？」

「江戸以外に何があるんで？」

「ふうむ——。参勤でこちらに来る前に、国元で父上と話をしてな。日奈の行く末をどうするものかとな」

「あらまあ。でも、放っておいてほしいものですがねぇ」

「そうはいかぬ。日奈は、父上が一番気にかけている娘だ」

「そうなんですかねえ？」

「そりゃァ、そうだ。お前は、他の娘と違う。お前の出自は特別だ」

「迷惑な話ですけれど……」

日奈は頬をぷっと膨らませる。

「だが、それゆえに、難しいこともある」

高兌は呟く。

その言葉を日奈は聞き流したようだが、甚九郎はわかるような気がした。

要は、日奈は殿のお気に入りなのではあるまいか。

この美貌と気性もあろうが、その出自が関係しているのだろう。つまり、日奈は殿がまだ大名家を継ぐなどとは夢にも思っていなかったころの恋の落とし胤である。

大名ともなれば、相手にするのは、躾《しつけ》のしっかりした良家の娘か、重役が手配した上流の女ばかりであろう。そういった女は、いかに美しかろうと万事控えめで、何を考えているのかわからぬところがある。

日奈の母親のような、町中で、あざとく男を落として渡り歩くような、欲望に忠実な仔猫のような町娘など、相手にすることなどもうないのだ。

（きっと殿は、若い頃の恋が忘れられないのだ――）

甚九郎は、一度だけ街角で見た日奈の母親、市の方の風貌を思い出しながら、確信に満ちた気持ちでそう思った。

（だが、御家中には、そのことを面白くないと思うものも多いだろう）

このことなのである。

ふと、高兌は言った。

「――おまえ、名張《なばり》藤堂は知っているか」

「知りませんよ」

「名家だぞ――。そろそろ輿入《こしい》れを考えてはどうかと思っておる」

その言葉に、控えにいたサムライどもが身揺るぎして顔を見合わせた。

動揺しているというほうが正しいかもしれない。

しかし、そんな控えの様子は、日奈たちにはわからない。

日奈は、からりと言った。

「――兄上。あたしゃ、女です」

「そうだな」

「しかも、脇腹で、町人の出――。その実家は他人の物で、育ての父親も死んで、実の母親は新しい旦那と生きている。つまり、あたしゃ、戻るところがないんですよ」

　日奈は明確だった。

「そんな、その辺の石ッころのような娘の行く末なんて、どこかで勝手に決められてしまうんでしょうよ。御父上には、多くの御妾様がいらっしゃって多くの御子があると聞きます。あたしの行く末も、どうせ、父上のご指示どおりなんでしょうよ。そんな娘の行く末を、わざわざあたしに聞かなくてもいいじゃァないですか」

「――日奈。おまえは父上を誤解している」

「そうでしょうかね。でも、父上は、遠く御国にあって、あたしをこの江戸屋敷から出しもしない。あたしなんざ、なンかの道具のようにお思いなんじゃあないですかねえ」

「そうではないぞ、日奈」

　高兌は穏やかに、言った。

「父上が、おまえをこの屋敷から出さないのは危険だからだ。わが藤堂家は三十二万石――。この巨大な家には、お前の知らぬ、さまざまな政事周旋ごとがあるのだ。そのことを思えばこそじゃ」

「そうかなあ」

「そうだ。父上は、お前の幸せを考えればこそ、よい家に嫁入りして子を産み幸せに暮らしてほしいと思っていらっしゃるのだ」

「ふん」

日奈は、鼻を鳴らして、

「じゃァ、その名張ってのはなんでしょうかね」

と聞いた。

「名張藤堂は、わが藤堂本家の大事な分家だ。わが本拠の伊勢国ではなく、隣の伊賀国にある。伊賀は古来、戦略上の拠点であり、我らにとっては大事の分家なのだ――名家であるぞ」

高兌は顔色ひとつ変えずに言ったが、そこに控えていたサムライは、皆知っている。

名張藤堂とは剣呑《けんのん》である。

津の藤堂本家に対して、百五十年の長きに亘って独立抗争を仕掛けている分家であり、決して良好な関係の相手ではないのだ。

名張藤堂は、戦国の昔まで名家丹羽《にわ》の血筋であった。譜代の家臣団とそれを助ける伊賀衆（忍者）たちは、それを誇りに思い、藤堂からの独立を模索しては、そのたびに両家のサムライが刀を抜いて争う抗争に発展してきた。

今では、名張の城下町に、津の本家が設置した目付の役所があり、名張家の動向を監視しているほどなのだ。

だが、ここ数十年ほど、その緊張関係がだいぶ緩んできたのは事実である。

なにかと荒々しかった昔と違って、世の気風はだいぶ穏やかになり、独立のための蠢《しゅん》動《どう》もいくぶん沈静化した。その機を逃さず、両家の歴代当主は関係改善の模索を続けてきたわけである。

だが、未《いま》だ姻戚関係を結ぶまでには至っていない。

もし本家から名張への輿入れがあれば、両家の関係は一気に正常化するはずだったが、先代の頃には、嫁入りの候補となった本家の養女の娘が、津郊外で殺されるという事案まで起きていたのである。それを許さぬ勢力が厳然と存在する。

つまり、ここでの会話は、聞くものが聞けば、日奈のあっけらかんとした指摘のほうがなかなか的《まと》を射ており、若殿である高兌の言い分のほうが本音を隠した詭弁《きべん》であるということになるのである。

甚九郎がそっと横を見ると、分家のお付きの用人である高瀬《たかせ》伊右衛門《いえもん》の横顔は、あきらかに動揺し、緊張している。

もしかしたら、今、初めて聞いたのかもしれない。

つまり、在国中の本家当主の高嶷と、分家の高兌の親子は、名張藤堂を懐柔するために、日奈姫輿入れを模索していると――。

日奈は、他の姫と違って、舅《しゅうと》家が大名家や旗本家ではない。

そう言う意味では、余計なひもがついておらず、便利な存在であり、こういった政略結婚にはぴたりと嵌まる駒《こま》なのである。

(これは、一波瀾ありそうだぞ)

甚九郎は思った。

「ともかく」

高兌は、誤魔化すように続ける。

ただ、その口調は快活であった。

不安などみじんもないがごとき、自信に満ちた口調である。

「兄としては、日奈が元気そうで何より嬉しい。わたしはこれより、参勤で一年ほど江戸におるのだ。たびたび会おうぞ」

「――」

「そんな顔をして。なんとしたことぞ。藤堂一の美女と評判の姫であろうが。今少し唇をゆるりと笑わせたほうが、美しいぞ」

「すみませんねえ。こちとら、卑賤《ひせん》の出なもので、面白くもないのに笑えないのでございますよ」

「いいか、日奈。父上もわたしも、いかに良縁といえども、嫌がる娘を嫁に出すほどの乱暴なことはできぬ。武家の嫁入りは、両家の縁を結ぶ大事のことだ。その仏頂面で先方に出して見ろ。縁をむすぶどころではなくなってしまうわ——。それぐらいは弁《わきま》えておる。これは、無理には進められぬ」

「はあ」

日奈は、いっこうに信じていない顔つきだ。

まあ、所詮、いざとなったら無理やり嫁に行かされるんだろ、騙されないぜ、といわんばかりの、憎体《にくてい》な雰囲気である。

「ま、いきなり、あたしごときの居室に、兄上が来るってぇ時点で、おかしいなあとは思いましたけどね」

「まあ、そう言うな」

「武家なんざ、なにがなんだかわかりません」

「何を言うのだ」

「なんか裏がありそうで怖いです」

「ふふ、気にしすぎだ。おいおい言って聞かせてやる——わたしは、この輿入れ、あきらめないぞ」

そう高兌は言い、

「よし。でもまあ、いいや。こうなれば、まずは日奈の機嫌を取るとするかな——」

と、日奈の顔を覗き込んで、

「日本橋堺《さかい》町（現　人形町付近）の都座《みやこざ》の七月興行に、市川蝦蔵と、息子の六代目團十《だんじゅう》郎《ろう》がそろい踏みすると聞いた」

ぴくり、と日奈の眉があがる。

「え？」

「この桟敷を取ってやろう。どうじゃ」

「え。えええええ！」

日奈の顔が、みるみる笑顔に変わる——。

「蝦蔵さまの？　本当に？」

「その代わり、わしと二人で見る。兄妹水入らずじゃ。よいな？」

「はあ」

「いいな」

「は、はい……生《なま》の蝦蔵さまを見られるのなら是非はありません」

「決まりだ」

高兌は控えにいる高瀬伊右衛門に向かい、

「伊右衛門、差配せよ」

と大声で言った。

甚九郎の隣の席に座った高瀬伊右衛門が、

「は、はぁッ――――！」

と大きな声をあげた。

◇

「それは――」

と言って、小川吉右衛門は絶句した。

小川の口腔《こうくう》内には、甚九郎が持って来た浅漬けの梅干しが入っている。

ここは、神田松枝町の長屋の一室――。

小川の内職の傘が、ところ狭しと並べられたいつもの四畳半である。

澤村甚九郎は、屋敷で漬けた梅干しを甕《かめ》につめて、いそいそとこの先輩に持って来たのだ。

小川は、

「おお、嬉しいのう。ありがたや、ありがたや」

と言って甚九郎と対座すると、すぐに口に一粒放り込み、あまりの酸っぱさに顔を歪《ゆが》めて悶絶《もんぜつ》した。

その姿を見ながら、甚九郎が、先日の高兌の一件を語ったのである。

小川は、その話を、体をくねらせながら聞いていたが、やっと、

「それは一大事だなあ」

と言った。

そして、たまらぬ、これは、酒が必要だ、と言って、虎の子だという酒の徳利をもってきて茶碗に注ぎ、甚九郎にも差し出した。

「また一方で、ようやく本家と名張はそんな話ができるところまで雪解けしたということかもしれぬなぁ。それはそれで、めでたいことだ」

「そうですかね」

「そうさ。俺が子供の頃は、名張と言えば敵で、縁談など出る隙間もなかった。そんな話が出ること自体、両家の仲が近づいたということだ。誰も戦などしたくないのだ。良いことじゃないか」

「そんな簡単な話でしょうか」

甚九郎は、梅干しにまとわりついていた紫蘇を引きはがして口にいれ、小川が入れた酒をツイッと口腔内に流し込んだ。

驚いた。

どこでもらったのか、小川にしてはいい酒だ。

その顔を見て、甚九郎の心うちを知ったのか、小川は、

「傘づくりの大将の所の、娘御が届けてくれてなぁ」

と頭を掻いた。

このひとはどうも、すっかり神田の町に溶け込んでいるようである。

このまま町人になってしまうつもりだろうか。

甚九郎は言った。

「そんな平和な話なら良いのですがね。なにしろ、殿はあの性格ではないですか」

「ふむ」

これは、御殿の藤堂高嶷は、思いこみの激しい性格だと言っているのである。

高嶷はかつて理想的な改革に突っ走り、百姓一揆を起こされた男だ。冷静に改革案《がんもく》を聞けば、いかにも先進的で良い計画であったものの、いくら正しくても、ひとりで興奮して突っ走って行けば、誰もついていかない。

つまり高嶷は、理想を胸にすると興奮して走っていく性格なのである。決断は早いが計画性に欠けるのだ。

息子の高兌はこんな父の性格を知り抜いたうえで、冷静に後から足跡を踏むように、その施策を実行していく。だから、本家よりも分家の経営のほうが、うまく行っているのだ。

「――また御殿が突っ走っているんじゃないですかね」

「ありうるな」

「名張のほうの了承も取らず、伊賀の与力衆《よりきしゅう》の気性や思いも忖度せずに、うーむ、名張との姻戚は結ぶべきだな。可愛い日奈の行く末も定まる。いいな。よし、やろう、すぐやろう、――とかそんな感じで、ひとりで興奮している気がします」

「大いに、ありうる」

「なんとなく、この縁談、御殿の代では実現せず、若殿の代になってから実現するような気がするのですが、いかがでしょう」

「――甚九郎、貴様は正しい」

そう言って酒を呑み、
と言った。

「だが、上の指示であれば、貴様らサムライはその通りに動くしかあるまい」

「いかにも、その通りです」

「ま、俺も気にかけて調べてみるさ」

「――なにを？」

「名張の動向さ。俺は今や、お前よりも縛りのない立場だ」

「――」

「それに、俺もかつては藤堂本家の禄を食《は》んだ男。そして日奈姫とは貴様を通じての縁もある。そうなれば、サムライたるもの、忠義を示す秋《とき》であろうよ」

胸を張って言うが、その月代はろくに剃らずに生え散らかしており、着物はつぎはぎだらけで、顔にはなぜか煤《すす》がついている。

どう見ても貧乏浪人一直線の風情で、頼りになりそうもない。

剣の腕前は疑うべくもないが、ここのところ、どうも負けが込んでいる。

甚九郎は、眉を下げ、いかにも心配そうな顔をした。

「無理なさらないでください」

「ふふふ。そんな顔をするな」

小川は笑う。

「知っての通り、俺はさんざんこの町で苦労したのだよ。藩士として、颯爽とお天道様のもとを歩いておったときには、到底知り合わぬような連中とも仲良くなった」

「はあ」

「藤堂の家は今、本家でも分家でも、あちこちの領地でも、サムライの解き放ちを続けておる。つまり、馘《くび》だな」

「そうですね」

「真っ当なサムライどもには想像もできないことだろうがな、人間は困ったことに、馘になっても生きている」

「そりゃそうでしょう」

「馘になったものはな、仕事はしないが、それでも生きているのだ。わかるか」

「わかりますよ」

「ひとは馘になったものを、仕事をしない連中であり、もう死んだものと馬鹿にする。しかし、そうではない。馘になったとて、まだまだサムライとしては意気地ひとつで生きている、と、まあそういうことさ。その横のつながりもあるんだぞ。任せておけ。はははは」

そう言うと小川は、甕に手を突っ込んでもう一粒大きな梅干しを拾うと口に入れ、

「ううう、酸っぱい～」

と悶絶した。

◇

三日後。

分家の用人、高瀬伊右衛門が己丑庵にやってきた。

手に大きな帳面と矢立を持っている。

祐筆《ゆうひつ》を伴わず、自ら筆記するあたり、ずいぶんと細かい男であるようだ。

「姫様、都座の此度の番組《だしもの》は『花菖蒲文禄曽我《はなあやめぶんろくそが》』です。ご希望の『恋女房染分手綱《こいにょうぼうそめわけたづな》』は十一月に出てしまったようで」

「そりゃァ仕方がないね」

「ご理解いただいてなによりです」

ふたりの会話を、控えの間で、山本と、澤村甚九郎、それに華の師匠の津田美津が座って聞いている。

でっぷりと太った美津は、憎にくしい顔つきで、ふたりの会話を聞いていた。

美津は三日前に中断された稽古の続きをやろうと、張り切って屋敷にやってきたのだが、またもや分家に足止めを食らっているという格好だ。

「いずれにせよ、拙者のほうで差配しますので、姫様の御希望をなるべくお聞きしておきたいと、まあそういうわけです――」

「――」

「姫様、楽屋には行かれますか？」

「え？」

それまで、つまらなそうに聞いていた日奈は、ふと顔をあげた。

「楽屋――？　そんなことできるの？」

「我が家は、天下の藤堂家でございますよ」

「大名家ともなると、そんなことまでできちゃうわけ？」

「大名家がどこでもできるわけではございません。天下の藤堂三十二万石なればこそ、のことでございます。我らほどの家となれば、成田屋《なりたや》だろうが、高麗屋《こうらいや》だろうが、役者風情のひとりやふたり、若殿の前にお召しになることなどわけもないこと。当然、姫様にも挨拶をさせまする」

「う、うそぉ」

日奈の目が、感動に輝いている。

「なんなら、そのあと、芝居茶屋の宴席にお呼びになることもできるかと」

「あ、その、そこまでやっては蝦蔵様に申し訳ない——で、でも、そんなことができるなんて。初めて武家の娘になってよかったと思ったぞ」

もう、頬が赤く染まり、興奮している。

この感じだと、ころっと若殿のいう通りに輿入れしてもいいと言ってしまうかもしれない。

しかし、そうなると、面白くない連中もいるはずだ。

守役としては、そのことが心配でならない。

高瀬伊右衛門が己丑庵を去ったあと、甚九郎は日奈に聞いた。

「姫様——」

「なに」

「姫様は、名張へ嫁に入ってもいいとお思いで？」

「冗談でしょ」

日奈は頰を膨らませて、言った。

「名張なんてところはよく知らないけれど、なんでも山ン中で、海もないというじゃないのさ。あたしは、この空の広い江戸の生まれだよ。周りを囲まれた山ン中に行くなんざ、まっぴらごめんだよ」

「そうですよねえ」

「でも――」

ふと日奈はうつむき、

「仕方ないかもしれないよねえ。今のあたしの立場を考えれば、藤堂の家でも、お門違いで浮いているし、友達もいない。日本橋の家には戻れないし、何かひとりでできる腕があるわけでもない。この家を放りだされたら、ひとの妾になるか、吉原にでも身を売るぐらいしかできないんだもんなあ。ああ、嫌だ、嫌だ」

と暗い顔をした。

「姫様」

「女なんかにゃ、生まれたくなかったよ――。いくら抵抗しても結局最後は、父上の御指図にしたがって、顔も気風も知りやしねえぼんぼんの嫁に入るぐらいしかできないってもんだ。情けないね」

そう言うと、日奈は腹中から苦いものでも湧き上がってきたかのような複雑な顔をして、はあ、と体が縮むほどのため息をついた。

己丑庵の居間では、下女のさととといとが、華道の稽古の準備をしていたが、やがてそれも終わった。

さんざん控えで待たされた津田美津は、やれやれという風情で立ちあがり、どしどしと前に進んで、どん、と座り、

「さて、姫様。三日前に中断してしまった夏椿の枝の鋏の入れ方から稽古を始めましょう。ちゃんとさらっておきましたでしょうね」

と威圧的に言った。

「はあ」

日奈はよろよろと、重い体を運ぶようにして盆の前に座る。

気持ちがすっかり重くなっているようだ。

甚九郎は、良くないことを聞いてしまったかな、と少し後悔した。

自分の将来の不安を思い出して、すっかり表情が暗くなっている。

すると、それを見た津田美津が日奈を鋭く叱りつけた。

「しっかりなさい！　お稽古ですよッ」

「はあ」

「修行です。気持ちをこめるのです！」

日奈はむっとして正座をし、盆に置かれた白い花をつけた夏椿の枝を見て、身じろぎしない。

そして、ぐっと黙っていたかと思うと、口がへの字にまがった。

そして、言葉を必死で耐えていた様子だったが、やがて、ぽたり、ぽたり、と涙をこぼした。

唇を噛みしめ、涙をぬぐって、ようやく鋏を手にする。

「こんなことしたって」

と泣きながら、

「こんなことしたって、何になるっていうの」

と言った。

すると、津田美津は急に低い声になって胸を張る。

「言わせていただきます」

「――――」

「畏れながら、今の姫様のお言葉、わたくしは腹落ちしかねます」

「――――」

「いざとなれば、わたくしが姫様を鍛えあげて、お花の師匠にして差し上げます」

日奈は驚いたように、この花の師匠を見た。

すると、津田美津は、細い三白眼をカッと開いて、続けた。

「いいですか。わたくしは、ご覧の通り、姫様のように美しくはありません。武家に生まれましたが、両親は早くに亡くしました。兄弟はあてになりませんでした。家を失った醜《しこ》女《め》なぞ、いかに生きようというのでしょうか。ですが、わたくしは独り、こうして生きてございます。いいですか、姫様。この世はね、この胸に武家たる矜持《きょうじ》を失わなければ、女だろうが、なんだろうが独りで生きていけるのでございますよ！」

日奈は、目を見開いて聞いている。

「わたくしの場合は、華道で生きるしかなかった。なんとしてもこの道で、女一匹生き抜いてやると思っておりました。男にも頼らない、家にも、身分にも頼らない。だが、生きぬいてやる、その一念でございます。残念ながら、この外見でございますし、ご存じの通り、人に愛想を売れるような性分《しょうぶん》ではございません。ですが、それがなんですか。生きているのなら立派なものです。負けてられっか！」

津田美津は言った。

「この花をごらんなさい。根を切られようが、土から離されようが、最後まで咲きほこらんと努力する。女もまた、そういうもの。花のごとく美しく、それでいてしぶとく強い。いいですか、華道とは、その花から学ぶべき『道』そのものでございます」

部屋の隅には、山本と甚九郎が座っている。

「畏れながら、あなた様はさきほど、最後は御父上のいいなりにならないと生きていけないとおっしゃいました。ですが、わたくしはそうは思いません。あなた様も武家の娘たれば、思うがままに生きなさい。気に染まぬことなど、無理にするものではない。あなた様が裸で放りだされたとなれば、そのまま谷中のわたくしの道場へ参りなさい。その性根から厳しく叩き直して、一人前にしてさしあげます」

「先生」

日奈は、涙声で言った。

「でも、あたしの花は駄目です。才がないのです」

「誰がそんなことを言ったのですか」

「でも——先生、いつもきつく叱るじゃァないですか」

「わたくしは、一度も、あなたの花が駄目だと言ったことはありません」

津田美津は、鬼のような顔つきで、日奈を睨む。

「わたくしが叱るのは、技《わざ》のことだけです。あなたの心を叱ったことなど、一度もない」

「は」

「いいですか。誇りを持ちなさい。あなた、わたくしの、何倍も若いじゃァないの。美しいじゃァないの。気の染まない男に抱かれないと生きていけないなどと、売り物の女のようなことを言うものではありません。売り物の女だって、心までは売らぬという意地があるといいます。良家の姫がなんですか。姫は、姫でございますッ」

「あたしは、あたし」

「そうです。その花が、花であるように」

「――――」

「ひとは、意気地をなくしたらおしまいです」

　それを聞いて、日奈は、しばらくぐすぐすと鼻を鳴らしていたが、やがて、目の前の花を手に取って、じっと見つめたあと、鋏を入れた。

◇

　名張の伊賀衆が大挙して江戸に入ったらしいという情報を得たのはその十日後であった。

　小川吉右衛門のすじの情報である。

「確かな話ですか？　浪人の噂では信じられぬのですが」

「心配するな。れっきとした名張の御家人の情報よ」

「なんと」

「名張の家にも、久居の家にも、隅っこに置かれた働かないオヤジはおるのだ。奴らの多くは閑職に在り、若い者には馬鹿にされて、盆栽《ぼんさい》に水をやったりしている。だがな、生きておるのだ。お天道《てんと》さまにあたえられた場所で、それぞれ生きている」

「はあ」

「そういうものは強いぞ。奴らはどうせ出世は諦めているから、御家の都合などでは動かぬ。いいように手を抜いておる。だが、その分、心と忠義で動く。信あれば、立つのである。意地っ張りのどうしようもないオヤジどもだが、いざというとき、頼りになるのはこっちのほうだ」

「そんなもんですか」

「考えてもみよ――そもそも、働くってなんだ？　御家の連中が、何を働いているというのだ？　もともと働くというのは、上は天下の将軍様から、下は橋下の乞食《おこも》まで、今日より明日、明日より明後日を良くしようと努力することではないか。みんな、そうやって生きている。そんな世間で、大きな御家の恵まれた環境に甘え切って、やっていることといえば、お上の意に沿うようにふるまうことばかり。せいぜい上司に褒められるのが関の山で、誰の明日も良くしておらぬ。これが仕事か？　偉い奴に気に入られるためだけの努力の、どこが仕事だ。世間はごまかせても、神仏の目はごまかせぬわ」

「――――」

「恵まれた連中に嘲笑されながらも、明日を模索しているものどものほうが、よほどに男だろう。今日より明日、明日より、明後日――。いいか、そういう者はひとの心が見えるゆえ、明日のために何を守るべきかは、ようくわかっておる。信ずるに足る男たちよ。貴様も、サムライならば覚えておけ」

その場は、

（また始まった――）

と、聞き流した甚九郎だったが、もしかしてこの言葉、信じてよいかもしれぬと思ったのは、この後――若殿と日奈が芝居見物に出かける日程が決まった後のことだ。

本家のサムライどもの多くが、日奈の警護に名乗り出ようとはしなかったのだ。

みな、自分でなくてもいいではないかという態度であった。

（誰かに任せておけばいいだろ。何《なん》で俺がやんなきゃいけないの？）

という大大名のサムライによくある傲慢な態度だった。

確かに、出自が卑しく、御家ではみそっかすの姫など警護してもいいことはない。むしろ、奥を支配して、家政に発言力のある本妻《ほんさい》や本妾《ほんしょう》に恨まれるかもしれない。そんな忖度があったものかはわからぬが、ともかく、誰も、本家では警護に名乗り出ようとはしなかったのだ。

最後は、屋敷の重役どもの会議で、俺の部下は出したくない、誰それの所の若いものを出すべきではないか、といった埒もあかない議論がひと悶着《もんちゃく》あって、やっと、江戸家老前田内匠頭の名前で直々の指示が出た。

すなわち、馬廻り役相楽監物の派閥の剣客、渡辺三十郎《わたなべさんじゅうろう》と、対立する勘定方《かんじょうがた》箕輪《みのわ》城《じょう》之助《のすけ》の派閥から、手練れの脇坂仁之助《わきさかじんのすけ》が警護に出てくれることとなったのだ。

それを見て、

（腐った奴らめ――）

と、澤村甚九郎は思った。

（大大名の、派閥争いのくだらぬことよ）

その派閥といったって、大したものではないのだ。

ただ、あのひとの組下だ、とかあのひとにお世話になっている、とかそんな程度の派閥なのだ。ばかばかしい。

（サムライたるものが、御家の領袖どもの立場を忖度して、か弱き娘のひとりを守るのが嫌だとお役目を押し付け合うとは何事だ）

いつもは、偉そうに胸を張ってこの江戸の町を闊歩《かっぽ》し、名を問われれば、藤堂家のサムライでござると堂々と名乗るくせに。

たかが御家の姫ひとりを守る程度の、お役目の背景を忖度し、あれこれ当て推量をしたあげくに、受けるだの受けないだの、男らしくもない。

（それでもサムライか！）

こうなれば、御家のサムライなど、頼りにするものか。

俺は元より、日奈姫の御守役だ。

見ていろ、この野郎。

いざとなれば、自分一人が姫の傍にあり、何があろうと守ってやる——。

そんな風に思ってしまったのである。

◇

そうこうしているうちに、芝居見物の日がやってきた。

本家の上屋敷と、分家の上屋敷は近くではあるが、待ち合わせは日本橋堺町（現　人形町近辺）の芝居茶屋であった。

本家も分家もそれぞれ駕籠《かご》を立てる。

本家は女駕籠を仕立て、それの前後を小者が、駕籠脇をサムライが守って堺町に向かうことになった。

駕籠の用意ができて、牡丹をあしらった大振袖の姫姿に盛装した日奈が、屋敷の門にあ

らわれたとき、その美しさに周囲から、

「おお」

「ほお――」

と嘆息が漏れた。

羽織袴に大小を差して駕籠脇に控えていた甚九郎はそのとき、

（ざまあ見やがれ）

と思った――。

普段、卑賤の出だ、躾がなってない、所詮傍流で後ろ盾がない、と悪口を言っている連中を、美貌ひとつで黙らせた。

それは随分と気分のいいものだった。

その日奈は、駕籠に乗りこむ時に、いたずらっぽく甚九郎を見て、

「同じ駕籠でも、いつか澤村に担がれた背負い籠とはずいぶん違うわね。気分がいいわ」

と笑った。

「は。そうですな。今日は、大手をふって門を出られます」

「今日も、傍にいてね」

「はい」

行列は神田佐久間《さくま》町の屋敷から南へ――そんなに遠い距離ではないが、神田川を和泉橋

で渡り、南へ向かう。

日奈はずっと、格子をあけて、街並みを見ている。町の風を、目を細めて楽しんでいた。

駕籠は、小川吉右衛門の住む松枝町の近くを抜け、馬喰《ばくろ》町、小伝馬《こでんま》町――。

以前、ふたりで町歩きをしたときには、ここから室町に抜けて日本橋に出たが、今日は、反対の左手《ゆんで》に曲がって、やがて堺町へ入る――。

いわゆる玄冶店《げんやだな》の近くである。

この辺りまで来ると、町の繁華は相当なもので、町人たちだけでなく、大八車のような荷車や、歩荷の商人も所狭しと行きかっていた。

その大路を、藤堂の蔦の家紋をつけた女駕籠が隊列を組んで堂々と進んでいく――。

道行くひとびとが、その光景を、足を止めて見ていた。

「不思議な光景だな」

駕籠にゆられながら日奈は言った。

「そうですか？」

脇を歩きながら、甚九郎は答える。

今日は甚九郎、大小だけではなく、襟《えり》の裏に手のひらに入るほどの小さな金属片（投げ爪）も忍ばせていた。伊賀流の武器で、いわゆる『手裏剣』と呼ばれるものの一種だ。まあ、念のためである。

「あたし、ちょっと前は、あっち側にいたのよ」

「はい」

「大名家の奥方やお嬢様のお渡りなんぞがあると、友達と一緒に道に出て、口をあんぐりとあけて見送ったものさ。それが今や、駕籠に乗っている側だ」

「仕方がありません。日奈様は今や、姫なのですから」

「姫かぁ——いつまでも慣れんわ、まったく」

やがて駕籠は、芝居茶屋の枡屋《ますや》の前についた。

枡屋名物の、お静《しず》という中年の女将《おかみ》が店の前に立って待っている。

枡屋は、人気戯作者や狂言作家、絵師、役者、噺家《はなしか》といった文人墨客《ぶんじんぼっかく》が集まる芝居茶屋だが、その海千山千の男どもをやりこめる気風のいい女将もまた名物だった。

お静は、駕籠から降りてくる日奈を、にこにこと迎え、

「ようこそいらっしゃいました——。若殿はすでにおいでですよ。ご案内させていただきます」

と日奈を二階の一番奥の座敷に案内した。

甚九郎らおつきは、下の間の控えで待たされる——。

やがて二階の奥から、朗らかな笑い声が聞こえてきた。

客間は、本家のサムライどもが守ってくれているはずだ。

いっぽう、枡屋の正面にある芝居小屋、都座には、役者の名前を書いた幟《のぼり》が立ち並び、楼の上では派手な寄せ太鼓がてんつくと鳴らされている。

門前の縁台には、客寄せの木戸《きど》芸者（物真似芸人）が立って、盛んに今日の番組の名場面を演じており、多くの町人が鈴なりになって眺めていた。

金のない連中がそれを見て、

「ああ、本物の團十郎が見てえなあ」

「おらァ、蝦蔵だな。やっぱり五代目だよ」

などと大声で話している。

心沸き立つ光景であった。

甚九郎は、茶屋から出された茶をのみながら、刀を抱くようにしてその芝居町の賑わいを見ていたが、やがてふと、その人ごみの中に、小川吉右衛門がいるのに気が付いた。

小川もまた、甚九郎がいるのに気が付き、こちらに近づいてきた。

「おう。姫は、中か？」

「はい」

「ふむ。お前は中に入れない？」

「芝居小屋に移るときに御側に着く予定です」

「わかった——。俺もせいぜい、遠くから見守ろう」

「大丈夫ですか？」金がないから小屋の中には入れまいが、せいぜい行き帰りは見守るさ。まあ、大丈夫だとは思うのだが、名張の下忍たちが気になるからなあ」

「はい」

「奴らは、本家からの輿入れを望んでおらぬ。もともと名張は本家から独立すべきだと考えて、過激なことばかりをやるものどもだからな」

「先例もあります」

「確かに——」

　先例、とは、先代のときに名張への輿入れが内定していた本家の姫（重役の娘で、輿入れのため養女となっていた）が、城の北を流れる安濃《あのう》川の橋を渡って寺の参詣に出た帰りに襲われ、殺された事件をさしている。

「名張の重役方の命も聴かず、過激に走る連中だ。何をやるかわからない。なにもないに越したことはないが、せいぜい見張っておくさ」

「ありがたい」

「まァ、枯れ木も山の賑わいだ。手は多いほどよかろう」

　頼もしく小川吉右衛門が胸を張ったとき、ぐ、ぐるるる、と盛大にお腹が鳴る音がした。

甚九郎は迷いなく立ち上がり、芝居茶屋の中に向かって、

「誰ぞ――誰ぞ、握り飯と汁でもくださらぬか。いや、残り物で充分じゃ」

と叫んだ。

◇

事件が起きたのは、夜だった。

その日、若殿と日奈は、終日芝居を充分に楽しんだ。

あのあと都伝内《みやこでんない》という巨漢の座主が、わざわざ枡屋までやってきて広間にあがり、若殿と日奈に入念な挨拶をしたうえ、

「そろそろ蝦蔵の出る幕にございます。ご案内いたします」

と自らふたりを芝居小屋の桟敷に案内したのである。

こうしてふたりは蝦蔵（五代目團十郎）と、息子の六代目團十郎の揃い踏みの番組《ぶたい》を充分に楽しみ、大切《おおぎり》まで見て、最後には都伝内の案内で蝦蔵の楽屋まで訪ね、さんざん歓談したあと、陽が暮れてから芝居町を出た。

甚九郎を始め、お付きのものどもは、近くに遠くに二人を警護したが、おおむね怪しい

ところはなかった。

甚九郎は、ほっとした。

小屋から出てきた日奈は、明らかにはしゃいでいた。

「澤村、本物の蝦蔵と話をしちゃったよ！」

「ようございました」

「あたしの杯《さかずき》を受けてくれたわ」

「それは、それは」

帰りの駕籠に乗りこむ日奈の顔は輝いている。

甚九郎は、嬉しくなった。

（こんなに喜ぶのであれば、甲斐もあろうというもの）

日奈はよほどに江戸芝居が好きなのであろう。

こうして、若殿と日奈を乗せた駕籠は、もう暗くなった町を北上する。

藤堂蔦の提灯《ちょうちん》を高々と掲げて、二丁並んでゆっくり進んだ——。

そして、それが神田川を新橋で北に渡り、飼鳥《かいとり》屋敷を越えてふたつの駕籠が別れるとすぐに、事件は起きたのである。

ひと気の絶えた醫學館《いがくかん》前の常夜灯の影から、黒ずくめの乱破《らっぱ》がばらばらと躍り出てきたのだ。

　このあたりはごみごみと町家と商家が立ち並ぶ河岸の喧騒が途切れ、屋敷の長い壁があらわれて深い影ができるあたりだ。

　賊はその影を利用して隠れていたことになる。

　先導していた渡辺三十郎は、怪しみ進み出て、

「何者！」

と誰何《すいか》した。

　三十郎は、用心深く刀を抜き、賊にじりじりと近づいたが、奴らは名乗りもせず、また声も立てずに得物を投げつけた。

「むッ」

　一閃は避けた三十郎だったが、続けざまに投げつけられる得物にやがて肩を傷つけられ、ひるんだところに飛び込んできた賊に太ももをざっくりと斬られた。

「う、わあッ！」

　これで隊列の均整は、一瞬にして崩された。

　渡辺の後ろにいた馬廻りの脇坂仁之助は、

「曲者《くせもの》！」

と怒鳴って刀を抜いたが、これもまた、刀を合わせる前に左斜め前からの飛び道具にて倒される。

「くッ、この卑怯者！　飛び道具を使うとは！」

脇坂が叫ぶ。

賊のひとりが、

「やれいッ！」

と短く叫び、ばらばらと影が左右に大きく広がるように展開した。

隊列は浮足立ち、一部の小者がわっと逃げ出した。

だが、駕籠を担ぐ下人頭はそこを動かない。

腹の据わった駕籠かきの大将だった。

「ふうむ――」

そう言ったまま仁王立ちし、ぎろり、と暗闇を睨んで駕籠を守っている。

「何？」

駕籠の中の日奈が言った。

すぐに甚九郎は走り寄り、

「大丈夫です。わたしが必ず傍におりますゆえ、そこから動かないでください」

と言った。

（伊賀者だ――）

甚九郎は思った。

かつて大坂の陣に徳川が勝利し、戦国時代が終わったとき、時の将軍徳川秀忠は、伊賀の国衆（忍者）に対し、周囲の大名の配下となって士分となるよう命じた。

その命に従い、甚九郎の澤村家など上忍十五家は津藩藤堂家（現　津市）の配下となったのだが、下忍どもの一部は、隣の神戸《かんべ》藩一柳《ひとつやなぎ》家（現　鈴鹿《すずか》市）や名張藤堂家（現　名張市）の傘下に入った。

これは、どう見ても、その血脈の戦い方である。

甚九郎は、幼き頃に亡き父に教わった作法を頭の中でさらいながら、襟の内に隠した投げ爪を素早く取り出し、駕籠の脇に立った——。

ここは、藤堂の上屋敷に近い。

門番に聞こえればいいと思いながら、大声を出す。

「出会え、出会え、おのおの、すぐに醫學館前に出会えぃ！」

正門は遠いが、長屋壁は近い。

戦国の昔であれば、この声だけで、大刀をひっさげたサムライどもが、ぞろぞろと飛び出して来たはずである。

だが最近は、路上に騒ぎを聞いても、面倒なことにかかわりあうのは面倒だとばかりに部屋の鍵などをかけてしまう連中もいる。

まったく、江戸者は軟弱な連中ばかりで、頼りにならぬ。

甚九郎は舌打ちしながら暗闇に目を凝らし、迫り来た黒ずくめの乱破にむかって、投げ爪を鋭く投げた。

（手ごたえあり！）

渡辺三十郎を倒した賊が、どっと路上に倒れる姿を確認した。

次に、左手を見た。

甚九郎が守る側と反対側から、脇坂仁之助を倒した小柄な賊が駕籠に近づくのを見て、甚九郎はそちらに向けて、投げ爪を投げる。

幸運なことにそれも賊に当たり、

「うわっ」

という声とともに、男は倒れた。

敵も、まさか警護の中に忍びの得物を使う士《もの》がおろうとは思わなかったのであろう。闇の中に戸惑《とまど》いの気配が漂っている。

甚九郎はここにはじめて大刀を抜き、駕籠の右に立った。

すると賊は、こちらに向いて油断なく得物を構えながら、倒れた男たちを回収し始めた。

どうやら奴らは、けが人を放置して身元が露見《ばれ》るのを恐れている。

「…………」

「…………」

暗闇を、緊張が包む。

月明かりに、距離を置いて対峙したお互いの刃物が、きらり、きらり、と光っているのが見えた。

すると、最初に倒された渡辺三十郎が必死で立ちあがり、血まみれになりながらも近づいてきて、

「さ、澤村、大丈夫か」

と言った。

「大丈夫です」

と言いながら甚九郎、渡辺の様子を見て、これは戦えまいと思った。

肩と足に傷を負っている。

そこへ、いったん味方の死骸を向こうに引きずっていった賊が、戻ってきた。

いかぬ、これは手が足りぬ、と思ったとき。

新橋の方向から、高らかに草履を鳴らして、

「曲者、曲者ぉぉ。どうした、本家のサムライは出てこぬのかぁ」

といって、小川吉右衛門がやってきた。

「素浪人、小川吉右衛門なり――。縁あって、助太刀《すけだち》いたすぞ」

とのんびり太い声を出し、大きな刀をすらりと抜く。

それを見て、甚九郎、

（ああ、小川さんの刀、質屋に持っていかなくて本当によかった）

と思った。

以前から小川は、金欠になるたびに刀を質屋にと言い出すのだが、そのたびに止めていたのだ。

小川が、あっけらかんと大声で言う。

「賊と言うが、あれだろ、名張の下忍どもだろ」

賊どもが、ざわ、と明らかに動揺したようだった。

「いくら手負いの奴らを隠しても無駄だよ——。名張の朋《ダチ》の話じゃァ、下《した》っ端《ぱ》連中が重役に黙って、ずいぶん江戸に入ったてえ話なんだからよォ」

甚九郎は、冷静に周囲を見る。

どうやら、残る乱破どもは、そんなに人数がいない。

三人か、四人か。

たいしたことはない。

渡辺三十郎もそう思ったものか、血まみれの肩をかばいながらも、大きな刀を片手で持ち、

「たいした人数じゃァなさそうだな」

と気合を入れた。

「それにしても、本家の屋敷の連中は何をやっているのだ」

「この位置からでは、門番には聞こえないのかもしれませんね」

その時、残りの賊が、一気に駕籠に迫った。

渡辺は動けない。

甚九郎は、刀をふるって、右からの敵に応戦する。

駕籠の左側が心配だ。

駕籠かきの大将が、立っているが、当然武器はもっていない。

すると、小川吉右衛門が走り寄り、大将の前に立ちふさがって、左からの賊と切り結んだ。

がし、がん、と暫《しばら》く金属が嚙み合う音がする。

「ああ――。良い刀なのだから、ちゃんと研ぎに出しておくのだったなあ」

大将をかばいながら戦いつつ、小川はそんなことを言っている。

たいした余裕である。

右から、左から小川に賊が襲い掛かる。

どん、どん、と体をぶつけあう音がして、はっと見ると、賊がふたり、小川に斬り倒されて、どっと路上に卒倒するところであった。

すると、奥に控えていた賊のひとりが堪《たま》らず、ぴっ、と口笛を吹いた。

そして、その音を合図に、賊は一気に路地を西——つまり、筋違《すじかい》橋前の火《ひ》除《よ》け地の方向に向かって逃げ出した。

助かった。

小川の奮闘が決定打となったのだ。

「ふう」

小川は大きく息を吐いて、刀を納める。

「渡辺殿。われらはここで駕籠をお守りする。屋敷へ伝えてくだされ」

「承知——脇坂仁之助、動けるか」

「応」

脇坂仁之助もまた、よろよろと近づいてきた。

ふたりが去ったあと、甚九郎は、駕籠の扉をあける。

真っ暗闇の中で、牡丹の振袖に着飾った日奈は、恐怖に目を見開いて、こちらを見ていた。

「澤村でございます」

「澤村！」

日奈は、甚九郎に抱きついてきた。

体が、がたがたと震えている――。

「御免――」

甚九郎はそう言うと、重い着物の上から、日奈の細い体をぎゅっと抱きしめた。

「大丈夫。大丈夫でござる」

「こんなときにすまぬが」

小川が背後から言った。

「姫様、小川吉右衛門でござる――。その節はどうも」

すると、日奈は澤村甚九郎の胸に抱かれたまま、

「ああ――ご苦労」

と言った。

◇

翌日――。

すぐに事件の詮議が行われた。

場所は、本家江戸屋敷の松の書院が使われた。

重要な詮議が行われる部屋である。

進み出たのは、澤村甚九郎に加えて、渡辺三十郎、大高左衛門、それに脇坂仁之助などおつきのサムライどもである。

駕籠かきなど下人どもは、庭の砂利石の上に座っている。

上座に若殿である藤堂高兌が座り、そのすぐ横に、本家江戸家老の前田内匠頭、用人の神内忠左衛門が座る。両者、起きてしまった事件の重大さに緊張し、青い顔をしていた。

左手には、分家用人の高瀬伊右衛門があり、大声で言った。

「今より、昨夜の一件の詮議を行う――渡辺三十郎、前に進み、事次第を詳《つまび》らかにせよッ！」

「はっ」

渡辺は、傷痕に包帯をあて、その包帯にも血がにじむという痛々しさながら、敢然と進み出て平伏した。

渡辺と脇坂は、傷は深いものの、若殿のお召しとあれば他の者に任せるわけにはいかぬ、と、包帯だらけで、無理を押して御前に進んだのである。

それにしても、不思議なのは大高左衛門である。

あの戦いのとき、大高もまた駕籠を守る隊列の中にいたはずなのに、いったいどこにいたのだろう。大高が戦っている記憶はまったくない。そのくせ、その袴にはしっかりと刀傷が残り、刀にも刃こぼれがあった。

渡辺は明晰な声で、報告した。

「昨夜、戌《いぬ》の刻（午後八時ごろ）、日奈姫が駕籠を守りて神田川新橋を北へ渡り、飼鳥屋敷前を過ぎしおり、醫學館前常夜灯奥の暗闇より黒ずくめなる賊、おそらく五、六名、散じる如く躍り出、言葉もなく襲撃ありてございます。拙者切り結びたるも不覚にも負傷。しかるに、ここにある脇坂仁之助、大高左衛門、澤村甚九郎ら、下々に至るまで、それぞれに応戦。ほんの四半刻たらずにて、賊は退散いたしました。日奈姫の御駕籠は無事にございました」

「うむ」

「当方、負傷は渡辺、脇坂に二名。小者一名死亡、三名負傷。賊については不明でありますが、少なくとも二名は手負いにございます」

その言葉を、控える祐筆は、さらさらと記録に残していく。

高瀬伊右衛門はその様子をしっかりと確認したのち、

「ふむ――。経緯はよし。渡辺、どう思う。存念を述べよ」

「は」

渡辺は改めて頭を下げ、

「賊は、駕籠のうちに日奈姫ありと明らかにわかっておりました。そして、まっすぐに駕籠を襲撃したのでございます。そして、上屋敷が近いにもかかわらず、微妙に声が届かぬ、絶妙な場所を選んで襲撃してまいりました。つまり、土地勘があり、町に通暁してございます。これは計画的な犯行であります。賊は明確に、日奈姫を狙ったのでございます」

と断言した。

それを聞いて、上座にある若殿と、本家江戸家老前田内匠頭は、緊張にどっと汗をかいた。

目を見開き、じっと黙っている。

これは、安濃津で、大殿と若殿が、名張に日奈姫を嫁してはどうかと相談したあとに起きた事件である——。

その意図が奈辺にあるか、それは明確であった。

享保の昔、名張藤堂は独立を画策し独自に幕閣に接近した。それを知った津藩本家は刺客を送り、江戸に向かう名張の使者を暗殺。名張藤堂家の重臣三名を切腹せしめ、分家当主は隠居とした。この騒動は天下の知るところとなり、藤堂本家の存続にかかわるほどの騒ぎとなった。

此度も、このようなことが幕閣に知れれば、藤堂家の命運はどうなるかわからない。なにしろ天下のお膝元、江戸府中における事件なのである。その上、本藩はつい先年に、地割騒動と呼ばれる大規模な農民一揆を起こしてしまっている。

時機は、非常に悪い。

本来、このような事件があれば、町方であれば江戸町奉行に、武家方であれば、江戸城目付方に、すぐに届け出ねばならない。

だが、藤堂家としては、それは避けたい。

今このとき、これ以上、家名を下げることはしたくないのだ。

できれば、このまま、なかったことにしたい——。

その場にいた誰もが、そんな若殿と江戸家老の葛藤を忖度し、また、理解した。

すると、すかさず、

「御家、大事の時である」

前田内匠頭が叫ぶように言った。

「みなのもの、みだりに騒ぐではない。御家大事の時でござる」

「は、はあッ！」

渡辺、脇坂、大高は平伏した。

「このこと、国元に早馬を仕立てて、御殿に指示を仰ぐこととする。ここにいる者どもには、このことを外に漏らすことを禁ずる。軽口、噂の類も、発見次第、きつく処罰する。一同、分かったな」

「はあッ」

それを聞いて、甚九郎は、え、と思った。

あれだけの事件があったのに、目付に知らせず、公知もせず、ここだけの秘密にする？

なんだそりゃ。

甚九郎は思わず座敷から、白洲《しらす》を見まわす。

身分の低い下人たちが、要領を得ない表情で座っていた。偉い人たちのいうことがわからないという表情だ。

その中のひとり、駕籠かきの大将と、目があった。

いかにも学のない乱暴そうな駕籠かきであったが、憎体な顔をして、太い眉の下の三白眼をぎょろぎょろさせている。そして、甚九郎と目が合うと、ふっ、と馬鹿にしたような苦笑を浮かべた。

（なんでえ、サムライってなあ、こんなもんかい？　だせえ連中だなあ――）

そんな声が聞こえるような気がした。

そのとき、甚九郎の中に、ぽつり、と怒りのようなものが浮かんだ。

この評定のどこに、真実《ホント》があるってんだい？

偉い奴らは、口上手な奴らの上っ面の報告を聞いて、大事なことを決めやがるってえのかい？　そんなくだらねえ奴らのうちうちの評定やら報告で、日奈姫の大事な明日ってやつが、決められちまうってのか？

そんな、心の声が聞こえた。

「畏れながら！」

甚九郎は、末席から叫ぶように言った。

藤堂高兌も、前田内匠頭も、高瀬伊右衛門も。

渡辺三十郎も、脇坂仁之助も、大高左衛門も、甚九郎を見た。

「賊は、伊賀の下人にございます――」

「む」

「拙者、慶長二十年に藤堂家配下となりました伊賀十五家の者にございます。得物の見立てには自信がございます。敵の得物は、いわゆる『手裏剣』の一種にございました。講談や歌舞伎に出てくるわかりやすい形をしているわけではございませぬが、あれは確かに黒《くろ》鉄《がね》を削って、鋭くした板の如きものでございまして、かつて名張に引き取られ農民となりし下人の得物でございます。つまり」

「――」

「賊は、名張の下忍で間違いはございません」

それを聞いて、一同、鼻白《はなじろ》んだ顔をした。

そんなことは、分かっている――。

そんな顔つきだった。

そんなことはわかっているから困っているのではないか。

しかし、甚九郎は構わず続けた。

「つまり、名張の下忍が、日奈姫のお輿入れを嫌い、畏れながら日奈姫の御命を狙ったわけでございます。守役として申しあげさせていただきます。この縁談は、なしにしていただきたい。日奈姫ご本人も望んでおりませんッ！」

僭越な発言であった。

若殿はそれを、じっと真摯《しんし》な顔つきで聞いていたが、用人の高瀬伊右衛門が、叫ぶように言った。

「えーい、黙れ！　差し出たことを言い出しおって！」

ずっと温厚であった高瀬が、急に顔を真っ赤にして怒気を露《あら》わにしている。

驚いた。

この男は、このような鬼のような表情をする男であったか。

「このような御家の大事、御殿と若殿の御指示に従うべし。それが武家の道であろうが。貴様のごとき軽輩が、そのような誰もが分かり切ったことを今さら言い立て若殿の御心を悩ませるとは何事だ！」

その怒りを見て、あれ、この人は——と甚九郎は思った。

「サムライならば、了見せぬか」

つまり、この高瀬という男は、甚九郎が真実を言ったから怒っているのではなかった。

若殿や重役が、困るようなことを言いだしたから、怒りだしたのである。

上が困るようなことは言うな、ということだった。

くだらねえな、と甚九郎は、思った。

すると高兌は、一切動揺せず、温顔で高瀬を窘《たしな》めた。

「よい。よい。血気の発言であろう。わしは構わぬ」

そして続けた。

「よくわかった。澤村。褒めてつかわす。忠なる故の発言であるな……」

そう頷き、

「だが、澤村。いかな名張の者とて、名張藤堂の重役連中の与《あずか》り知らぬことだった可能性もあるだろう？」

と優しく聞いた。

「そ、それは」

「政事周旋の世界には、たとえ一部の者の不満が残ろうと、大局を見れば、やらねばならぬこともある。よりよい世を創るために、慎重にすすめねばならぬこともあるのだ。わしはわしの代で名張との百五十年に亘る争いは終わらせたいと思っておる」

「しかし」

「たとえ不届きなことがあっても、前に進めねばならぬこともある」

「はあ」

「だから、このことは、父上とわしで話をする。わかったな」

その言葉を聞いて、甚九郎は、口をへの字に曲げた。

到底、納得できなかった。

この若殿は、すべてをなかったことにしようとしている。

大局のために、小事は見逃せと言っているのだ。

都合のよいことばかりを表に出して、不都合なことを隠してしまい、御家の存続だけを考えている。

そんなふうに感じた。

それでよいのか？

日奈の立場はどうなるのだ。

あれだけの怖い思いをしたのだ。

ひとこと謝罪があってしかるべきではないか。

「若殿。――若殿は、すべてをなかったことにするおつもりですか」

「そんなことはない。目付《こうぎ》に報告しなかったからといって、なかったことにはならない。わが藤堂三十二万石の歴史にはしっかりと貴様らの手柄は刻まれる。貴様の忠義は必ず御家の中で報われる。それはわしが保証する」

「そんな」

そんなことではない、と甚九郎は思ったが、うまく言葉に出来ない。うまく言えないが、今、甚九郎が怖いのは、組織のことなどではないのだ。偉い奴らはどう思うかなど、どうでもいいのだ。

ただ――。

たとえば、今、背後に座っている駕籠かきの大将。

この大将は、いざというときも、駕籠を守って、一歩も動かなかった。

そんな男らしい男が浮かべた、軽蔑の表情。

なんでえ、大大名のサムライなんざ、こんなもんかいな、というバカにしきった表情。

甚九郎は今、そのほうがずっと怖かった。

狭い大名家の中で褒められるかどうかなんて、どうでもいいのだ。

言葉を探して目を白黒させている甚九郎の表情を見て、藤堂高兌は堂々と続けた。

「澤村。よく言った。よく言ったぞ」

「は」

「そして、皆の者、よくやった。褒めてつかわす」

「は」

「渡辺三十郎、脇坂仁之助、よくも手傷を負いながらも武士らしく戦って姫を守った。大高左衛門、澤村甚九郎、貴様らも同様じゃ。それぞれ、身分に応じて褒美をつかわすぞ。追って沙汰を待て」

「は。はぁ――――ッ」

一同は平伏し、藤堂高兌、前田内匠頭が立ちあがろうとした。

しかし、甚九郎は、その背中に叫ぶように言った。

「違います！」

「――――」

「あの夜、賊との戦いのとき、姫を守って最後まで戦ったのは、当家のサムライではございませんでした。ここにいる駕籠を担いでいた駕籠かきの大将は、一切その場から逃げませんでした。そして危機のとき、最後に姫を救ったのは、浪人の小川吉右衛門でございました」

「小川？」

その場がざわざわとざわついた。

「は。畏れながら、三年前に安濃津にて相楽監物様を殴り奉り、家を出奔した浪人者でございます。彼《か》のことは確かに罪だったことなれど、小川は今なお、信のおけるサムライでございます。拙者、この者と今もなお、朋としてつきあわせていただいております」

「なんと」

「この浪人者が、拙者の話を聞き、密かに遠くから、町へ出る姫の駕籠を警護してくれておったのです。そして、われらが危機と知るや進み出て、最後は刀を抜いて姫を守った――。若殿、この者の誠意、間違いございません。今こそ解き放ちを御許しくだされ。どうか再度、この者の御召し抱えを！」

藤堂高兌は、それをじっと聞いていたが、やがて、甚九郎とぴたり、と視線をあわせて、にこやかに頷くだけで、その場を去った。

評定は終わり、甚九郎は、呆然とその場を振り返った。

すると、居並ぶサムライどもは皆、真っ青な顔で絶句している。

ただひとり、白洲の上に座った駕籠かきの大将だけが、甚九郎を見て、ふと満足げに頷いて見せた。

◇

果たしてひと月後。

国元にいる御殿と江戸の間に、何本もの手紙のやりとりと、使者の行き来があり、ようやく承認を得た褒美が、それぞれのサムライに言い渡された。

曰《いわ》く、上士の渡辺三十郎、脇坂仁之助には、傷を負いながらも戦い姫を守りたる賞としてそれぞれ百石の加増。

これは大変な出世であり、両者の領袖である相楽監物も、箕浦城之助も大いに面目を果たすこととなった。

御守役の澤村甚九郎とその上役の大高左衛門には、金六十両。

これも大金である。

そして、浪人小川吉右衛門には、脇差一本の下げ渡し——。

名工繁慶《はんけい》のもので、名品だった。

この下げ渡しの使者には、傷の癒えた渡辺三十郎が立ち、澤村甚九郎はその副使として同道した。

渡辺三十郎の領袖である相楽監物は小川吉右衛門の仇敵ではあるが、渡辺はそんなことにはこだわらず、サムライらしく、終始堂々とした潔いさっぱりとした態度であった。

ただ、甚九郎が、神田松枝町の裏店にあるぼろぼろの長屋に渡辺を案内すると、あまりの汚れ具合にさすがに驚いたらしく、

「こ、これは」

と絶句した。

そんな渡辺を甚九郎は、

「こちらでございます」

と、どぶ板をがたがたと鳴らして進み、部屋に案内した。

小川吉右衛門は、汚れた部屋を精いっぱい掃除して、開いた傘をあちこち閉じて、なんとか空間《すきま》を開けた四畳半で使者たる渡辺を迎えた。

そして、渡辺を上座にすえ、恭《うやうや》しく若殿から下された脇差をうけとった。

「ありがたき幸せ」

すると、渡辺は、爽やかに言った。

「その節は、助太刀いただき、誠にありがとうございました」

「なんの、なんの。武士の一分でござる」

小川はにこにこ笑って、そう答えた。

ふたりは多くを語らず、やがて渡辺は、退出した。

甚九郎は四畳半に残って、小川と酒瓶をあける。

甚九郎は、褒美のカネの大部分を実家に送ったが、良酒を買うぐらいの贅沢は良いだろうと一部を残しておいたのだ。

「――それにしても、あれだけの働きをして、脇差一本とは、若殿の吝嗇《けち》にもあきれたものです」

甚九郎は言う。

「わたしは若殿に言ったのですよ。小川さんを召し抱えるべきだ、とね」

「ふうむ――。いやいや、これは、いいところだろうよ」

小川は、嬉しそうに酒を呑む。

「それに、大高殿――。あきれたものだ。あのひとはあの戦いのとき、怖《お》じ気《け》づいてどこかに隠れていたに違いないんだ。あの刀傷だって、泥まみれの袴だって、自分で戦ったように見せかけただけの細工に違いない」

「ははは――面白い」

「面白くありませんよ」

小川は、お、うまい、とか、伊勢の新酒はいいなあ、とか言いながら酒を呑み、首をこきこきと回しつつ、話を続けた。

「どれもこれも、大したことじゃねえよ」

「そうでしょうか？」

「御家全体を上から見ている若殿にしてみれば、家内の秩序を維持するためには、様ざまの派閥に配慮しなければならないさ。一度出奔したサムライを軽々しく帰参させるわけにもいかない。組織のけじめというものがなくなってしまうからなあ。悩んだ結果がこの褒美、脇差一本というわけだ――。なにごとにも慎重な若殿らしいご処置だよ」

「すみません」

「お前が謝ることでもないさ――。いざというときは、良い質草になろう」

と、そんなことを言う。

「その分、大高様から、最高級の梅干しをこんなに――。なんでも出汁《だし》を利かせた大高家秘伝の漬け汁にたっぷりと浸したものだそうで。多少は良心の呵責《かしゃく》もあったものでしょうかね」

「よい、よい。今の俺には、このほうがずっと嬉しいわ」

ふたりは、その梅干しにおかかをぱらりと散らし、醤油をたらしたものをつまみに、

「うまいなあ」

「酸っぱいですねえ」

などと言いながら、酒を呑む。

その顔を見ていたら、甚九郎は、ずっと心に溜《た》めていたことを言いたくなった。

「それにしても――。武家とはこんなものなのでしょうかね」

「ふむ？　どういうことだ？」

「小川さんの扱いも納得いかないのですが、他の褒美も変な話だなあと。上士の渡辺さんと脇坂さんが加増ですよ。あのふたり、現場では、真っ先に手傷を負ってほとんど戦えなかったのに」

「ふん」

「わたしと大高様は金一封。まあ、それはいいんですがね――。最後まで駕籠脇に仁王立

ちしていた駕籠かきの大将には、お褒めの言葉だけで、金品は何もなし」

「ふふふ——。世間とはそのようなものだろう」

　小川は酒を呑みながら、言った。

「何かあれば、上位のサムライが褒美を受け取るのだ。外部の、雇われ人というものはなかったことにされる。必要があって派遣《くちいれ》などで駆り出され、現場で苦労したものは最初から外部の人間よ。せいぜい良いように使い捨てられ、褒美は出ない」

「——」

「本当に現場で手を汚して働く口下手な人間は無視され、自分がやったと、器用に言いまわることができる爽やかで見栄えのするサムライが、果実を得る——」

　小川は笑う。

「甚九郎、思い出せ——上士の渡辺と脇坂は、大怪我を負っていたにもかかわらず、翌日には、這うようにして若殿と江戸家老様の詮議の場に出席したのであろう？　さすがだよ」

「あ」

「奴ら上士にとっては、刀を抜いて戦った現場よりも、若殿への報告の場のほうが、よほどに重要だったのだ。奴らは、そのことを知り抜いている——。だから、這ってでも報告の場に出る必要があった。そして、加増を勝ち取った」

それを語る小川の顔は穏やかであり、静かだった。

「お前はダメだな。現場ではちゃんと戦ったのに、報告を怠った」

「いいんですよ。姫はちゃんとお褒め下さいました」

「馬鹿。姫に褒めてもらっても、出世はできないだろう？」

「――」

「そのうえ、余計なことまで言って、重役を困らせた」

「正しいことを言ったんです」

「だが、誰も喜ばぬ――偉い奴の喜ばぬことは言うな。それが世の中だよ」

「くだらねぇ」

「はは――いかにも。くだらねぇなァ」

ふたりは、目をあわせて笑い、同時に、故郷の梅干しをたっぷりと口に入れ、あまりの酸っぱさに涙した。

「だが」

と、涙を流しながら小川は言った。

「現場で本当に働いたものが報われず、口先が器用な、身分が保証されたサムライだけが報われる世の中なんぞ、いつか、何かのきっかけで土台が崩れて、一気に壊れてしまうのだろうなァ」

「――そうでしょうか」

「そうさ」

そう言いながら、ふたりは酒をあおった。

「少し歴史をふりかえれば、すぐにわかる。それが、人の世のならいだよ。甘くはないわ――神も仏も、ちゃんといるのさ」

「はあ」

「だが、その大崩壊《おとりくずし》がいつ来るのか、誰にもわからぬ」

「はい」

「明日かもしれぬ。十年後かもしれぬ――、さんざん膿《うみ》が溜まった、百年後の大崩れになるのかもしれぬ」

「はい」

「恐ろしいな」

「恐ろしいですね――」

ふたりはそう言うと、もう一度、梅干しに手を出した。

誰にもわからない

その日、澤村甚九郎は非番であった。

己丑庵には大高左衛門が出仕しており、澤村は休む。

しかし、休むと言っても、用事があるわけでも、金があるわけでもない。

(小川さんのところでも、行ってくるか)

甚九郎は暇にあかせて屋敷を出、神田川を渡って松枝町の長屋まで来た。

すると、ちょうど、小川は出かけるところであった。

「稽古に行ってくる——いつまでも傘張りばかりをしているわけにはいくまいからな」

小川は言った。

「知っての通り、玄武流神谷先生の道場は辞めた——。ご迷惑をおかけしたし、会わせる顔がない。さんざん叱られたしなあ」

「よいかと思います」

「考えたのだが——そもそも、伊勢の新陰流で育ったこのわしが、神谷先生のような人気の流派に通ったことが間違いであったのだ。そこで本来の自分に立ち戻るべしと思い、新陰流の道場を探した。しかし、新陰流は畏れ多くも徳川の御家流でもあるゆえ、俺のような浪人者でも通える『格』の道場がなかなかなくてなあ——。やっと、小石川の諏訪《すわ》町（現　飯田橋駅前）に、浪人でも通える小さな道場を見つけたというわけだ——」

「それはよかったですね」

「稽古に通い始めてみたのだが、やはり幼き頃から体に染み込んだ新陰流は良い。ふくろ竹刀を振るっていると、体の奥底から、何かがよみがえってくるようだ。それにこの道場主の青木《あおき》正之助《しょうのすけ》先生は、まだ三十代で年が近い。練れたお人でな。にこやかに近所の町人や百姓などともお付き合いなさる。居心地が良い」

「そうですか——」

「お前も、津の男であれば新陰流であろう」

「はい」

「では、貴様も稽古するがよい——、ああ、そうか、お前はまだ藤堂藩士だ。屋敷内に道場もあったな」

「御家の道場など嫌にございます。外のほうがようございます」

「そうか、では、一緒に行くか」

「いいのですか？」

「いいとも。非番であろう。稽古しないまでも、見学だけでもすればよい」

「――お邪魔致します」

こうして甚九郎は、小川に伴われ、諏訪町の青木道場へむかった。

それは、門を入っても庭など殆《ほとん》どなく、狭い土地をめいっぱい板の間で埋めた、いかにも狭いといった印象の町道場だった。

弟子も、名のある旗本や御家人の子息などというわけにもいかず、近隣の町人や、百姓――サムライがいても、せいぜい浪人であるようだ。

そこにまじって、小川吉右衛門は神妙な顔つきでふくろ竹刀を振り始めた。

わずかながらいるサムライ――これらも袴につぎはぎをしてあったりして、どうみても貧乏そうな連中――と打ち合ったり、立ち斬りをしたりしている。まあ、小川も月代も剃らず、髭もちょろちょろ生えた状態で、着物はつぎはぎだらけだから似合っているといえば似合っている。

師範代らしき四十がらみの男が指導しているが、その指導が微細にわたって理にかなっており、均整のとれた稽古と思えた。なかなかよい道場だ。

だが……何か物足りぬ。

甚九郎が板の間の隅に正座して稽古を見物していると、道場主の青木正之助があらわれ、丁重に挨拶をした。小柄でにこにこした、そのあたりの農夫のように陽に焼けた男だった。

「どうですかな。わが道場の稽古は」

「は。なかなかよいですね。感心しておったところです」

「――そうですか。ですが、我が道場は、町人や百姓も通う草道場でしてな。あなたのような立派な藤堂家家臣となると、役不足かもしれません」

「そんなことはありません」

「うちのような小さな道場は、なかなか江戸の剣壇にも取り上げられませんでなあ」

　青木は、ざっくばらんにそんなことを言う。なんの衒《てら》いもない。

　小川の言う通り、ずいぶんと人柄のよい剣客であるようだった。

　稽古が終わると、師匠の青木は、甚九郎を奥の書院に誘った。藤堂家のサムライが来たというので、礼をつくして書院にて菓子を出すことにしたらしい。

　井戸で水をかぶり、さっぱりとした小川も加わって、三人は談笑した。

　甚九郎は、気の置けない話をしながらも、

（居心地の良い道場であることには違いない。でもいいのかな。サムライとして再起を狙うのであれば、もっと大きな道場でびしびし鍛えたほうが良いのかも知れぬ。これは小川さん、サムライとして働《はたら》き処《どころ》を見つけんという野心は諦めてしまったのかな）

　などと考えた。

すると、襖が開いて、二十代も後半に入ったかという年の女性が盆を持ってにじり入り、茶を出す。

見るともなしに、その顔をみて、思わず甚九郎、

（おお）

と内心嘆息してしまった。

年増ではあるが、なんとも色っぽい女だったのだ。

それを青木が見ているのに気が付き、いかん、と思った甚九郎は苦しまぎれに、

「奥様ですか」

と聞いた。

すると青木は、にこにこと、

「いえ――恥ずかしながら、出戻りの妹です」

と答えた。

すると女は、

「なによ」

と、冗談めかして笑って見せた。

「お客様――申し訳ありません。兄は、ことあるごとに、このわたくしを年増よ出戻りのこぶよと、バカにするのです」

「そ、それは失敬」

「ふふふ。冗談です。——いいんです、本当のことですもの」

ぺろりと舌を出す。

そういう仕草が江戸女らしく、気負っておらず、好感が持てた。

「——そういうわけで、この道場には、出戻りの、年増の妹がございます」

「いやいや、何を言いますか、文乃《ふみの》殿」

横にいた小川吉右衛門が、言う。

「女性は二十代も半ば越しませぬと味がでませぬ。文乃どのは、どうかそのままで」

さりげない言い方だった。

すると、文乃、ぱっと顔を赤くし、

「そ、そんな」

と、袖で顔をぬぐった。

「どうした、文乃」

「——い、いつも小川様はそんなことを言って、この出戻りをからかいなさって」

文乃は言い、

「知らない」

といってその場を立ち去った。

すると、青木、にこにこといった。

「妹は、小川様が気になっておるのです」

な、なに！　それを聞いた甚九郎は内心驚愕した。

すると小川、表情一つ変えずに茶を飲み、

「冗談でございましょう。わたしは浪人でございます」

と肩を揺らした。

青木は本気とも冗談ともとれぬ表情で、言う。

「早く仕官なさって、妹を娶《めと》ってください」

「なにをおっしゃいます、そのようなこと、たとえ噂であっても、文乃様の御迷惑でございましょう」

と余裕綽々《しゃくしゃく》だ。

（な、なんとまた！）

横で聞いていてさらに甚九郎は驚愕した。

なんでそんなに落ち着いていられるのだ！

◇

その日はそれでは終わらなかった。

そのあと、ふたりは、神田松枝町の長屋に帰った。

すると今度は、そこには一人の町娘が勝手に部屋に入り込んで待っていた。

薄暗い部屋の中に、背筋を伸ばして座った、十五、十六の町娘だった。

娘は小川の姿を見ると、責めるように言った。

「遅い」

「おはる」

と、小川はその娘の名を呼んだ。

「稽古に行っていたのだ。サムライの本分だ」

「稽古なんかしても、一文にもならないでしょうに」

「何を言うのか」

おはるは、豊かな髪をまるっとまとめて止め櫛《くし》をした小柄な娘で、色が浅黒く、胸は薄く、目が大きかった。

「お父ちゃんが、仕上げはまだか、とか言ってンだけど」

「おお、そうであった。この傘の十本の紙張り、折り目づけ、油引きまで終えて、親方のところにお持ちする約束であったな」

「進み具合を見てこいってさ」

「すまぬ——。まだ半分しかできておらぬ。急ぎやる故、親方にはお待ちあれと伝えて欲しい」

「わかりました」

おはると呼ばれた娘は、むっとして顔をあげ、

「小川さん、なんか最近、怠けてない？」

と言った。

「何を言う。そんなことはないぞ」

小川吉右衛門は慌てる。

「俺は今、この傘張りで飯を食っているのだ。怠けていたら、すぐに干上がるわ。ちゃんと働いておる」

「ほんとうですか」

「あたりまえだ」

「お父ちゃんは前から小川さんを買っているのよ。真面目だし、筋がいい。しっかり修業すれば凄い職人になるって」

「——俺はサムライだぞ」

「浪人じゃァないですか」

「うるさい」

「そろそろあきらめて、傘に本腰を入れてはどうですか。お父ちゃんは、そろそろ飾り糸もやらせてみようかなあとか言ってたわよ——」

「それはありがたいが」

「しっかりしてください」

「ううむ、恩ある親方に言われると困る」

小川は、頭を掻いて困っている。

すると、娘は、手にしていた風呂敷をあけた。

「はい、それで、これはあたしから——」

そこには、竹の曲げわっぱに入れられた、芋の煮っころがしが入っていた。

丁寧に、谷中生《しょう》姜《が》まで添えられている。

「お、おお。ありがたい」

と小川はそれを覗き込み、甚九郎を振り返って言った。

「——良い肴《さかな》が来たぞ。こいつで一杯やろう。澤村、まだ帰らなくてもいいのだろう？」

「はあ」

甚九郎は戸惑う。

　すると娘は、

「もう。何言ってんのよ」

　と言い、ぱっと小川の着物の裾を持った。

「剣術の稽古やら、お酒を呑むのとかどうでもいいから、早くこの仕事を終えて墨堤《ぼくてい》へ柳見物に連れていってよ——。春には上野に桜を見に連れて行ってくれたじゃないの。そのときに約束したでしょう？」

「わかっておる。わかっておるわ。ちゃんと仕事をして手間賃をもらい、みたらし団子を買ってやる約束だったな。忘れておらぬ」

「きっとよ」

　おはるはため息をついて、立ちあがり、

「また三日後に来ます。お父ちゃんに、仕事の進み具合を見て来いって言われているのだから」

　といって土間に降り、草履を履く。

「サムライなんか、辞めちゃえばいいのに」

「辞めてどうする」

「お父ちゃんの内弟子になればいいじゃない」

そんなことを言いながら娘は出て行った。

澤村甚九郎は、その背中を見送り、台所でいそいそと酒の準備をする小川吉右衛門の背中を見て、確信的に思った。

（――小川さん……。モテている）

このことであった。

（どういうことだ――。内弟子に入れということは、養子に入れという意味で、つまりあの娘の婿《むこ》になれと言う意味ではないか！）

こ、これは。

確実に、小川吉右衛門はモテている。

本人が気づいているかどうかは別として。

（なんたることだ――。なぜだ。なぜなんだ！）

別に、なんのことはない非番日の出来事だったが、澤村甚九郎はその不可解さにうろたえ、どこか、こうはしていられない、という気持ちになった。

◇

翌日、澤村甚九郎は、お役目だった。

小袖に脇差を手挟み、きちっと身支度をして、己丑庵に赴き、日奈姫の御守として控えの間に詰めている。

昼前に日奈姫の稽古事――習字であった――が終わると、書院に呼ばれて双六《すごろく》の相手をする。

双六盤の前に座り、

「さすれば――拙者から」

と、振り壺《つぼ》を手にしたとき、日奈がさりげなく、

「そう言えば――、小川さんはお元気？」

と聞いた。

すると、甚九郎、思わず悲鳴をあげるように言ってしまった。

「また、小川さんですか！」

すると、日奈は驚いたように言った。

「なによそれ――。小川さんは元気？　って、聞いただけじゃないのさ」

「あ、その、いや、失敬」

そこで甚九郎、昨日の非番の一日のことを説明した。

小川とともに行った諏訪町の道場の話。

傘の内職の、親方の娘の話。

娘など、自らお惣菜《そうざい》を作って持って来ていたのだ。

尋常の好意ではあるまい。

「納得いきません——。小川さんは、モテています。恐ろしいほどに」

「ははは」

「笑いごとではありませんよ——まさか、姫様まで」

「馬鹿言わないでよ。暗闇で一度挨拶をしただけで、話もしたこともないわ」

日奈はそう言い、

「それに、いいことじゃないの——身の回りに娘がいるなんて。武家の娘と違って、町娘は開けっぴろげだからなあ。小川さんも年貢の納め時かもね。ひさびさに楽しい話を聞いたわ」

と頬を緩めた。

「そうですかね——」

甚九郎は首をひねって、存念を言った。

「わたしには寂しくもあります。わたしが知る小川さんは、サムライの鑑《かがみ》であります。安濃津の岩井道場であこがれていた師範代で、何度もそのお言葉に触発を受けました」

「——」

「江戸で一流の道場を諦め、場末の道場で百姓相手に剣を使ったり、傘張りなどに精を出して満足している小川さんではありません。言い方は悪いのですが、あのようなところでおなごにちやほやされて、うじゃじゃけている姿など、見たくはありません」

「そうかあ――でもさ、まわりに女がいるのはいいことじゃない」

「楽しい話ではありませんよ」

「そうかな。あたし、町娘のときは、お友達とかわら版とか草紙を買っては、團十郎がどうだとか、三津五郎と吉原の美人がどうしたとか、醜聞《しゅうぶん》話で盛り上がったわ。まったく、武家の姫ともなると、下世話な醜聞話もできないから、退屈していたのよ――町娘はそんな話が好きなの」

　そんなことを言う日奈の顔は、どこか暗い。

　また気鬱のケが出ているようだ。

　主人のその暗い顔つきをみて、

「日奈様――」

　思わず甚九郎は言った。

「このような話でよければ、いくらでも持ってきますゆえ、元気を出してください」

　すると日奈は、にこり、と笑う。

「ありがとう」

　ここのところの日奈の悩みの原因は明らかである。

この江戸和泉橋の上屋敷の、大奥と呼ばれる奥座敷に住む、正室の章善院の覚えが悪いのだ。

章善院はそもそもが、譜代家である三河吉田《みかわよしだ》（現　豊橋市）松平《まつだいら》家の血脈から藤堂家に嫁した正妻で、正真正銘のお姫様である。

この章善院の耳に、先日の名張の騒動の一件が入った——。

一切を、分家の藤堂高兌が仕切ったこと。

高兌が屋敷に来たにもかかわらず、章善院への挨拶をないがしろにして、身分の低い日奈姫の己丑庵に直行して談笑したこと。

ふたりで歌舞伎見物に出かけ、蝦蔵、團十郎親子と会って、酒などを下されたこと——などが、一通り章善院の耳に届いた。

高兌は、章善院の子ではない。

国元の筆頭側室智峰院《ちほういん》の息子である。

章善院にしてみれば、嫡男だった長男高崧《たかすけ》の死後は、側室の息子（高兌）と、その弟（高邁《たかとう》）が優遇されて見える。

彼女にとって、子供がないというだけで正室の立場がないがしろにされるのは、耐えがたい屈辱なのである。

「おのれ！　このあたしに、挨拶がないとはなにごと。こうなれば、しかるべき筋に訴えて、藤堂家を罰してくれる！」

と、言ったとか、言わないとか。

まあ、真偽は明らかではないのだが、大名屋敷の中での噂話なので、女中やらお傍衆やらの口から口へ、尾ひれ羽ひれがついて、今や奥方は大変なことになっているのである。

この事態に慌てた分家の若殿は、すぐに用人の高瀬伊右衛門を遣わして贈り物を届けせしめ、面会を申し入れたが、拒否された。

日奈お付きの老女である山本もまた、当然ながら奥に赴き章善院の御側役へ、申し開きの面談を申し入れたが、到底受け入れられぬ。

御怒りが解けないのである。

困った。

藩主不在の江戸屋敷で、正室の章善院の覚えが悪ければ、身動きも取れぬ。

外出どころの騒ぎではない。

今日も山本は、奥へ出かけている。

「ああ――」

日奈はまた、ため息をつく。

「いつになったら、あたしは自由になれるものか」

そこへ、重い足をひきずって、山本が己丑庵に帰ってきた。

「戻りました――」

「山本」

日奈は聞く。

「ご面会は、認められたかい？」

「いえ――残念ながら、また駄目でした」

「そう」

「取り付く島もないとはあのことですね。それにしても、章善院様のお傍衆のかたがたの態度の悪いこと。なんですか、あれは。よくもまあ、あのような性格の悪い女どもが集まったものです」

珍しく、山本はぷんぷんと怒っている。

相当いじわるをされたらしい。

「あの、鬼婆どもめ！　山姥《やまんば》！　醜女《ぶす》！　馬鹿！」

我を忘れて、町方の下町言葉で怒り出した。

その勢いに、日奈と甚九郎は顔を見合わせた。

日奈は手を叩き、

「いと、いと！　山本にお茶を淹《い》れて！」

と下女を呼んだ。

やがて山本はそれを呑んで息を整え、

「ふう――。申し訳ございません。さんざん嫌みを言われて、取り乱しておりました。もう、大丈夫でございます」

と言って、太った体を揺すっていたが、

「それにしても――。わたしも商家で、随分といざこざを経験してきましたが、武家のそれは、商家のそれとは違いますね」

改めて日奈のほうを向いた。

「商家というものは、いかに足の引っ張り合いがあろうと、最後は売上《うりあげ》というものがものを言います。お客様のお支えや需《モト》メというものが、きちんと売上数字という尺度になって、行司の役を勤めるものでございます――。ところが武家というものは難しい」

「武家は、そもそも力の世界でございますから」

「ですが、血なまぐさい戦国の昔はもう二百年前でございます。故に、余計にこんがらって……」

山本は、ここでお茶を呑み、

「こと、ここに至れば、男衆のお力をお借りせねばならないと思います」

と言う。

「日奈様の御守役は、澤村様、あなたでございます」

「へ」

「ここは、なにとぞ、ご尽力を。上役の大高様ととくとご相談の上、日奈姫様の章善院様への御面会を実現くださいませ」

◇

こうして三日後、甚九郎は半ば無理やり上士の大高左衛門を引っ張って、上屋敷大奥の控え間に着座していた。

正妻章善院のお傍役と会うためである。

大高は、大きく嘆息する。

「——まったく、どうしてこうなったものだか。こんなことをして、またお叱りをうけぬものか」

「何を言うのですか。われらの主人たる姫のためとあれば、仕方がないでしょう」

それにしても、武家において正室の力というものは凄いものがある。

将軍家の江戸城における大奥ほどではないにせよ、藤堂ほどの大大名ともなれば、当主の御愛妾《おんめかけ》は十名前後となるのが通例である。

そして、その一人一人に『格』が伴い、実家がある。それぞれの身分が明確になっているのだ。

正室はその筆頭だ。

戦国時代が終わり、徳川を中心に組み立てられた秩序の中で、大名同士が争うのに閨閥《けいばつ》が使われるようになったのは、いわば時代の必然である。

女衆の経営は、どの大名家においても喫緊の課題であったのだ。

やがて、裾を引きずって、お付きの女房殿がやってくる――。

大高と甚九郎は、無駄話をやめてすぐに平伏した。

やがて、正室のお傍役が上座に着座した。

「面《おもて》を、おあげなさい」

たかが女のお付きになぜここまでしなければならぬのだ、と思いながら、顔をあげる――。

そして、驚いた。

そこに座っていたのは、安濃津の廻船問屋高砂屋《たかさごや》の娘、あかねだったのだ。

その顔をみて、甚九郎は、驚きのあまり、口をあんぐりとあける。

しかし、在府のサムライである大高は驚かぬようだ。

それもそのはず――、あかねは数年前、京町小町と呼ばれていた城下では有名な美人だった。国元では知らぬものはなかったが、そこは女のことで、江戸に在府のサムライどもの間では知るものも少ない。

そして、あかねは、出奔前の小川吉右衛門の想い人であった。

三年前のあの事件のあと、小川は藩を出奔したわけだが、あかねの行方もまた人々の知らぬところとなった。

あかねの実家は、苗字帯刀を許された巨商で、いわば半武半商であったので、京、大坂、江戸にも支店を構えていた。高砂屋は、あかねの将来を考え、安濃津での縁組を諦め、京の支店に預けたという噂だった。

それが、いつの間にか江戸に——。

しかも、正妻のお付きになっている。

どういった経緯があったものか。

かつてのあかねは、城下岩井左衛門道場にも出入りしており、そこに通う若ザムライどものあこがれでもあったのだ。

「あかね様——」

唖然《あぜん》とする甚九郎に、あかねは、眉一つ動かさぬ。

「章善院におかれましては、お会いなされませぬ——」

その一言のみである。

その後の、甚九郎と大高のさまざまな執《と》り成《な》しの言葉にもまったく無視を決め込んで、冷酷極まりない応対である。

だが、ふたりがほうほうの体《てい》で奥を出ようとしたとき――。

あかねの下女がすっと近づいてきて、大高に気づかれない角度で、甚九郎の袖の中に、ぽつり、と付文《つけぶみ》をした。

付文といっても、色っぽいものでなかったのは、言うまでもない。

◇

「澤村さん――。名張の一件を伺いました。あなた、あのひとと懇意にしているそうですね」

うす暗い女中部屋でふたりきりになると、あかねは、早口で聞いた。

「あのひとは、無事ですか」

「あかねさん」

澤村甚九郎は、驚いた。

まさか、神田の裏店の四畳半で、傘張りに精を出しているとは言えまい。

「三年前のあの事件――。吉右衛門殿は突然、安濃津を出奔されました。あのときは、あの混乱の中ですから仕方がございません。あれから三年。何もかもが変わりました――ですが、わたくしにとってはまだ納得できぬこともございます」

「あかねさん、小川さんを探して江戸に来たのですか」

「いえ、そうではありません。あのあと、京の支店に行き、御藩の京屋敷に出入りしておりましたところ、江戸の章善院様の御女中を探しているというお話をいただいたまでにございます。あたしの周囲もすっかり変わり、全てはもう過去の事――しかし、まさか江戸にて、あのかたの消息を知ることになろうとは」

「――」

甚九郎は、黙った。

今、どう話すべきなのだろうか。

確かに自分は、小川吉右衛門とは近しい関係であり、先輩でありながら朋《とも》だとも思っている。

だが、小川は今や貧窮する浪人であり、髭も剃らずに月代もなく、格の低い町道場へ通い、傘張りの内職で糊口《ここう》をしのいでいる。

軽々に話すべきではない気がした。

「ご無事です。江戸の市中に住み、町道場へ通っておられます」

甚九郎は慎重に言った。

するとあかねは、縋《すが》るように言った。

「会いたいです」

「会って、どうなさいます」

「伝えたいことがあります」

「お会いするのには、よい時期とは思いませぬ」

ぼろぼろの垢《あか》じみた着物を着て、下駄の歯も欠けた小川の姿を思い出しながら甚九郎は言う。

「ふうん」

あかねは暗闇でこう言い、

「では、こうしましょう」

と鼻を鳴らす。

「――もしあなたが、あたしを小川さんに会わせてくれるとなれば、あたしも、章善院様と日奈姫様の会談を周旋させていただきましょう」

「え」

甚九郎は驚く。

「な、なんたることをおっしゃるのか！」

「本気です」

「いいですか、あかねさん。章善院様と日奈姫様が会うのは、御家の一大事ですよ。章善院様が昨今の藤堂家の動きに不審あり、と、ご実家に手紙を書けば、我が藤堂は、公儀にお叱りを受ける可能性もあるのですから。——それと、言ってはなんですが、奥女中と、浪人者の密会を、同じ天秤《てんびん》にかけるとは」

「あたしには、急ぐ必要があるのです」

あかねの瞳は、真剣だった。

あれから三年——苦労はしただろうが、あかねは依然として美しかった。

あの頃、城下一の美女のあかねと、城下一の快男子小川吉右衛門は、みんなの憧れだったのだ。

（それにしても）

小川さん、なんでこんなにモテるのか。

許せぬ。

甚九郎は思った。

だがいっぽう、この際、背に腹は代えられぬとも思った。

自分にとって今は、御守役を務める日奈姫の将来のほうが心配である。

ここは、章善院と日奈の面会をなんとしても実現せねば——。

◇

慌てて翌日、澤村甚九郎が神田松枝町の長屋に走っていくと、小川吉右衛門は、傘の『折り目』を付けているところだった。

思わず木戸の外から見ていると、部屋の前に出した縁台に座って、傘に貼った紙をバリバリと鳴らしながら、慎重に折り目を付けている。

和傘の折り目は内側につける。

これは、傘を畳んだ際に、水が内側に流れることで、外側に水がこぼれぬ配慮である。

和傘の『閉じて竹』と言われる美しい形状は、この工程にかかっている。

武骨なサムライである小川が、その太い指を繊細につかって丁寧に折り目をつけていく。

その真剣な姿は、神々しくもあった。

澤村甚九郎は近づき、声をかけた。

「小川さん——」

すると小川は、

「おう、ちょっと待ってくれ」

と言って、顔も上げず、慎重に傘の折り目を必死でつけ続ける。

甚九郎は黙ってその横に立ち、作業が終わるのを待った。

小川は、何度も開いたり閉じたりしながら傘を整え、美しい形を、空に掲げるようにして眺め、うっとりとした表情で、うん、と頷いた。

「よし――。すまぬ。待たせたな」

そう言って、腰にかけた手拭いで顔をぬぐって笑う。

「美しいものですね」

甚九郎は、思わず言った。

丁寧に傘に折りをいれて、完璧だと納得して納める時の小川の表情を見ていると、神経が張りつめ、全身に力が行き届いた佇《たたず》まいであり、見事だと思えた。

あの諏訪町の町道場で、浪人相手に木刀を使っているときよりも、ずっと美しい顔だと感じる。

「うむ――」

小川は言った。

「傘などは――。この江戸では、あちらにもこちらにも路上に打ち捨てられておるような取るに足らないものだ。雨になれば越後屋などは客に貸傘をやる。今戸《いまど》や両国《りょうごく》の料亭であれば、いくらでも客に傘を渡す。雨上がりの大川を見ろ。捨てられた穴だらけの傘が塵《ごみ》となって流れている――傘など、それだけの使い捨てのものだ。だから古来、傘張りは貧乏人の内職であった。浪人などの貧窮の象徴のごとき仕事だ。だが、俺は、これに惹《ひ》かれる。それだけのものなのに、傘と言うものは美しい。――すっかり雨の日が楽しみになった」

「そうなんですか」

「ものを創るとは、いいものだ。戦国が終わったあとのサムライの世界などは所詮、政事周旋の世界。意地の張り合い、力の押し合いへしあいがあって、利権を奪い合うだけのつまらぬ世界だ。だがモノヅクリは違う。誰かが必要なものを創る――。やりがいがあるな」

「では、傘職人になるのですか」

「そうはいかぬ。俺は、サムライだぞ」

「――」

「サムライである限りは、稽古を続けねばならぬ。剣技を磨き、サムライの本分たる忠義を発揮する場を、求めねばならぬ」

「本心ですか」

「本心だ」

「拙者には、どこかに嘘があるような気がしてたまらないのです」

「嘘――」

甚九郎は言った。

「安濃津の岩井道場の塾頭だった小川さんは、剣道に生き、まったく揺るぎがありませんでした。でも、今は、あんな道場に通って自分をごまかしている」

「どういうことだ？」

「なにもかも、半端に見えます」

「――」

それを聞いて、小川吉右衛門は、黙ったが、やがて、

「いや、半端なのではない。努力しているのだ」

と言った。

「え？」

「甚九郎――お前のようなちゃんと主家のある藩士は、きちんと身分の保証があるゆえ、目の前の課題に精いっぱいで済むのだ。気づかぬうちに守られているから、ひとつの課題に集中し揺らがずにすむ」

「――」

「だがこの大きな町で、肩書もなく、たったひとりで生き抜かねばならぬ人間は、この一日十二刻を、その高邁な課題とやらだけに費やすことなどできぬ。朝はちゃんと飯を炊かねばならぬ。自分の着物は自分で洗わねばならぬ。収入を得るための仕事も、せねばなら

ぬ。明日のための志を保ち、稽古も続けねばならぬ。そこに生じる、さまざまに知り合う人々との交誼《こうぎ》も平等に深めねばならぬ。大名家のように、上司だけを見て生きておればいいわけではないのだからな。そのうえで、前に進まねばならぬのだ。こうなっては、いつも精神集中して、万全で望むわけにもまいらぬわ。時には疲れ、時にはあきれ、それでもやるしかない。わかるか」

「――――」

「貴様の言うことも、それはわかる。俺もかつてはそうだった。主家のある立派なサムライであったがゆえに、そうでない者が、なぜあのように揺らぐのか、なぜあのようにあちらこちらに手を出して、はっきりしない暮らしをするのかがわからなかった。なぜみんな、仕事に集中しないのか、とな――」

「はい」

「だが、この世は、全部が全部、恵まれた人間だけではない。それがいとも簡単にできるのは、そもそも貴様が恵まれた人間だからだよ」

小川吉右衛門は、そう言うと、今作った傘を、いとおしそうに撫でた。

「傘の仕事をしていると、心がやすらぐ――。だが一方で、これでいいのかと不安にもなる。それは自然《じねん》なることではないのかの」

「小川さん」

「サムライゆえに剣を持っていないと不安にもなる。だが、その一方で、生き馬の目を抜くような剣壇の世界で勝ち抜けるとも思えぬ。肩書の無いものは、最初から重荷を背負って戦っているようなものだからな。だが、そんな風に思うのもまた、自然ではないのか」

「そうでしょうか――。わたしにはわかりません」

甚九郎は言った。

「わたしには、小川さんが、揺らいでいるように見えます。なにもかも半端であるように」

「ふむ――」

「前回、非番の日にわたしは、小川さんと青木道場に伺い、文乃さんにお会いしましたよね。わたしには文乃さんが小川さんに好意を持っているように思えた――。たとえば、文乃さんを娶って、あの田舎道場で、百姓や町人を相手に剣術を教えて年を取る人生もありましょう。ですが、それで、小川さんは満足ですか。それで男を満足させることができますか」

「――」

「傘の親方の娘さん、おはるさんとおっしゃったか――とも、お会いしましたね。素敵な子でした。話しぶりを聞くに、親方も良い人のようだ。今の時代、サムライに固執しなければ、傘の職人となることもできましょう――。ですが今、小川さんがおっしゃったとおり、傘などは、そのへんに転がっているようなものでございます。それが本当に、男の生きざまですか」

「――澤村、俺に、どうすればいいというのだ」

小川は、途方に暮れたような顔をした。

「お前にどう見えているかはわからぬが、俺は、これでも、精いっぱい生きておるわ」

「小川さん」

「できることをやり、必死で生きている。お前にはわからないかもしれないが」

「わかってます」

「そうかな――」

小川は、ほろ苦く笑い、

「もう、疲れたわ」

と言った。

「どっちでもいい」

「澤村さん」

「うまくいかないときは、ともかく叩かれる。上から下から、おまえのような昔馴染《なじ》みの後輩すらも、叩いて来る――だから、どうでもいいわ」

「そんなつもりは」

澤村甚九郎は、ため息をつき、風呂敷に持って来た味噌を、そこに置いた。

「失敬しました――土産《みやげ》です」

「助かる」

それを受け取りながら、小川は言った。

「味噌のごときもののほうが、ずっと助かるわ」

「小川さん、高砂屋のあかねさんは覚えていますか」

すると、小川吉右衛門の肩が、ぴくりと震える。

そしてゆっくりと顔をあげ、目を見開いて、澤村甚九郎の顔を見た――。

「今、何と言った？」

「あかねさんは、今、和泉橋の上屋敷の奥に勤めていらっしゃいます」

「な、なんと――」

小川は絶句した。

「あ、あかねが江戸に？」

目が泳いでいる。

動揺の証拠に、汗が、どっと溢れていた。

「わたしが手配をします――。お会いになられてはいかがでしょうか」

「うっ」

小川吉右衛門は、そのまま凝固したように動かなくなってしまった。

◇

澤村甚九郎が手配したのは、両国橋南、薬研堀出会い元柳橋《もとやなぎばし》北詰《きたづめ》にある料亭椙《すぎ》野《の》であった。

すべては秘密裏に進めねばならなかった。

大高左衛門にも、日奈にも、山本にも秘密である。

金は、すべて、あかねから出た。

あかねの話では、実家から金を届けさせたとのことである。高砂屋は廻船問屋だ。その江戸の支店は日本橋南の楓《かえで》川沿いにあり、立派な河岸を備えていた。

元柳橋は、そこからも離れており、松枝町にも和泉橋にも適度に近く、また遠い。一番良い場所であった。

密会当日——。

甚九郎は、和泉橋の上屋敷の裏勝手口に町駕籠を用意し、あかねを収容して、自ら寄り添って歩いた。危険はあるまいが、夕方に女をひとり神田川の南に行かせるわけにはいかない。しかもあかねはこの日仮病をつかって仕事を休んでいた。屋敷の者の目を憚る必要があったのだ。

夕方の七つ（午後四時ごろ）。

夕暮れが近づく時間の大川の水面が、美しく光る頃に、ふたりは椙野に入った。あかねを下階の控えに待たせておいて、甚九郎は、すでに奥の間に待つはずの小川吉右衛門のもとに急いだ。

からりと襖をあけて、甚九郎は、ほっとした。

小川は、真っ当な羽織袴に、月代と髭を剃り、しっかりと整った拵《こしら》えをつくった大小を床に預けて、端座していた。

誰かから借りてきた衣装であろう。

改めて、こういうきちっとした格好をすれば、小川は立派なサムライであった。

ただ、緊張のせいか、顔が真っ青であるのが気になった。

「小川さん、大丈夫ですか」

「——澤村」

そう言う声は、口がからからに乾いて、少しつっかかるような感じだった。

「今からやめるというわけには、いかぬか」

「いきません。わたしには、会っていただかなければならぬ理由があるのです」

「そうはいっても」

小川は、どこか泣きそうである。

どうしてそこまで、小川は怖《おそ》れるのだろうか。

あかねがそんなに怖いのか。

それとも、三年前の不義理に対して、そんなに呵責があるものか。

「落ち着いてください——。取って食われるわけではないのですから」

ふたりで話していると、あかねは勝手に控えを出て廊下を進んできて、大きな声で言った。

「——そろそろ、いいかしら」

広間の中のふたりは、顔をみあわせ、

「は、はひ！」

と素っ頓狂な声を出す。

すると、あかねが、堂々と部屋に入ってきた。

上衣を取ると、杜若《かきつばた》の小袖に、島田髷——。

目も覚めるような明るい姿である。

「ひさしぶりです」

あかねはそう言い、まっすぐに対座した。

甚九郎は、席に差がないように対座で膳を用意させておいた。

「あ、あかね――」

小川吉右衛門は、その姿を見て、呟き、絶句した。

「息災でいらっしゃいましたか――」

「ああ」

あかねの問いに、小川は答えた。

「う、美しくなったな」

「どうも」

そこへ、女中が酒を持って来た。

澤村甚九郎は、ここで遠慮し、女中とともに部屋を退出してふたりを奥の間に残し、次の間に入った。

ふたりは、対座し、話をしている。

さわさわと声が聞こえたが、その内容まではわからない。

甚九郎は、小さな膳に、ただ酒だけを置き、窓の外の大川の流れを見ながら待った。

対岸の本所回《え》向院《こういん》の森が少しずつ夕闇に沈み、川のうえに明かりをともした座敷舟が行き来し始めるのを見ながら、ちびちびと冷酒をやっていた。

ふたりが帰らぬとなれば、ここで夜を明かしても良い。

そんな気分だった。

すると、半刻ほどして。

隣の部屋から音がして、何者かが廊下を進み、次の間に控えている甚九郎に声をかけた。

あかねであった。

「済みました――」

「えっ？　こんなに早く？」

「澤村さん、ありがとうございました」

そういうあかねの顔は、頬が輝くように染まり、妙にすっきりとして見えた。

「帰りは、ひとりで帰ります」

「そういうわけには」

「いえ。駕籠はありましょうし、店の若い衆にも警護で寄り添ってもらいます。屋敷にもふたりで帰るよりも、別々に帰ったほうがよいでしょう。そうしましょう。ご心配なく――。それより、小川《あのひと》をよろしくお願いします」

あかねは、そう言った。

甚九郎は慌てて立ちあがり、あかねを料亭の玄関まで見送り、女中と若い衆、それに駕籠かきにも心づけを渡して、奥の間に戻った。

すると、小川吉右衛門は、奥の間の床の前にどっかと座り、ひとり、酒を呑んでいた。

部屋の行灯《あんどん》に、すでに火が入っている。

爽やかな菜種油の燃える匂いがした。

夕暮れのうす暗い明かりの中、最初はよく見えなかったが、目が慣れてくると、澤村甚九郎は、気が付いた。

小川は、口をへの字に曲げたまま、滂沱《ぼうだ》の涙を流していたのだ。

甚九郎は、その顔を見て、息を呑んだ。

小川は、甚九郎が部屋にはいって来ようが、来まいが、まったく関係ない姿で正面を向き、酒を呑んでいた。

ひとつでも体を動かせば、声が出てしまう。

そんな感じだった。

甚九郎は、黙って下を向いた。

そして、ここにいてはいけないのではないかと思って、立ちあがろうとした。

すると小川が短く、

「構わぬ」

と言った。

そして、その一言で、必死で止めていた堰《せき》が切れたか、一気に声が溢れた。

「御免」

そう言うと小川は、うおおおお、うおおおお、と、獣《けもの》の咆哮《ほうこう》のような声をあげて、泣いた。

◇

　それからふたりは、元柳橋から神田松枝町までを、歩いて帰った。

「あかねは、かつて、俺の想い人であった」

「存じあげております」

「若き日に、大事な時間を過ごした」

「――ふたりは、われわれ若いサムライどもの憧れでございました。ですが、惚《ほ》れこんでおられたのは主に、あかね殿のほうで、小川さんはサムライらしく堂々とされておったとの認識でございます。小川様は浮かれるようなことはなく、謹厳実直《きんげんじっちょく》なサムライそのものでございました」

「違う」

　小川は、言った。

「俺は、夢中だったのだ――」

　そして、

「すまぬ」

といって、側溝に、吐いた。

涙と反吐《へど》を、同時に吐いていた。

そしてしばらく、胸をさすって落ち着いたあと、再度、歩き出し、

「俺は見栄坊《みえぼう》だ。表向きはサムライとして謹厳実直な姿を崩さなかった。しかし、当時の俺は内心、寝ても覚めてもあかねのことを考えておった。あかねの横顔。そして寝顔。美しく柔らかい胸のふくらみも、あの香りも。あの時俺は、あかねに身も心も骨抜きにされ、まいっておったのだ――」

と言った。

「そして、そのことは当時の俺にとてつもない自信を与えた。あの美しいあかねが俺を好いていてくれる。だから自分は正しいと。そして外に向いては常に威を張り、強くあらんとした。正しいことをやれば、あかねが認めてくれる。そして、あかねが認めてくれれば、強くいられる――情けない話よ。俺などという男は、くだらない男だ。所詮、それだけの男だった」

「そのようなことは」

「あの、安濃津での事件――。俺は、相楽のバカ息子をぶん殴った。相楽が京町の茶屋にて上士のバカ息子どもを集めて宴会を行い、遊女でもない町方の娘を、こともあろうか手籠めにしようとしたからだ。相楽にとっては、酔った上の遊びだったかもしれないが、犯

されんとしていた娘にとっては一生のことだ。罪のない娘を、酔った勢いで汚すなぞ、俺には許せなかった。俺があかねを愛しているように、娘を愛している男がいたら、どのように思うだろう。俺もまた、あかねが誰か他の男に汚されれば、おそらく許すまい。――だから俺は躊躇《ちゅうちょ》しなかった。相楽をぶん殴って娘を守った。俺は正しいことをした」

「はい。そのとおりです。あのとき、小川さんは正しかった」

「あの夜――。実は、俺は、伊勢屋に行ったのだ。そして離れであかねに会い、意気揚々と自分がしたことを話した。だが、あかねは、大人であったよ」

「――」

「吉右衛門様、なんということをなさったのですか。身分の低い町の娘を守らんと、重役の相楽様の御子息を殴るとは、なんとひどいことをなさったのですか、と」

「なんと」

「あかねは言ったよ。すぐに相楽様の家に行き、詫《わ》びるべきです、とな。だがあのとき、俺の道場の若侍どもは、自分たちの大将が、上士の相楽を殴ったというので、大いに盛りあがっておった。正義はこちらにあるのも明らかだ。見栄坊の俺は、いまさら詫びになど行けなかった――。今考えれば、あかねの言う通り、すぐに詫びに行き事態を収拾すればよかった。相楽様もきっと、若い連中の酒席での騒ぎよ、と簡単に済ませただろう。だが俺は、そうしなかった。女の前で良い格好がしたいという見栄が勝ったのだ。あかねに意見されたことへの、子供っぽい反発もあった。気がつくと、一晩二晩と経つうちに事態は大きくなり、上士と岩井道場の対立とまで話が広がっていた。ただの酒席の喧嘩《けんか》では済まない情勢となったのだ。守ってくれそうな重役もいなかった。諸々《もろもろ》を考えれば、俺は、出奔せざるをえなかった。御家と、自分を守るためにな」

やがて、神田の引きこみ堀が見えた。

ふたりは、提灯も持たずに、町の闇を歩いていった。

「——あかねには迷惑をかけた。俺との関係は、城下では知られたことだ。今さら安濃津で嫁入り先を探すわけにもいくまい。俺は出奔してどこへ行ったかわからない。風の噂に彼女は京に行くことになったと聞いた。最初は、すぐに挽回できれば迎えに行けるのかもしれぬと甘い見通しをたてることもあったが、そうはならなかった。俺たちは、ばらばらになった。俺たちの関係は終わったのだ」

途中、堀わきに、蕎麦屋《そばや》の屋台が出ていた。

小川の話が続いている。

あの壁の薄い長屋に帰るわけにもいくまい。

甚九郎は屋台の大将に心づけを渡して、縁台に座らせてもらい、蕎麦は注文せず、酒を出させた。

その茶碗を包むように持ちながら、ふたりで話を続けた。

「あれから、三年間――。俺は、一日たりとも、あかねのことを忘れたことはない」

「――すみませんでした」

「なぜ謝る」

「そんな深刻なことども知らず、不躾《ぶしつけ》なことをしました」

「たかが女のことだ」

「たかが、ではございません」

　それを聞くと、小川は小さく笑った。

「そうだな。そのとおり。たかが、ではない」

「――――」

「俺は、江戸に出て貧乏生活を強いられた。内心、剣にも周旋の才にも自信があったが、そんなものは何も役には立たなかった。なにもかもがうまく行かない。だんだん俺は、疲れていった。――そんな日々の中で、俺は、毎晩、あかねを思った」

　吉右衛門は遠くを見るように続ける。

「あの優しかったときの言葉、閨《ねや》での薄暗い灯の中で見た表情のすべて。苦しかった。そしてその苦しみは、眠った後も続いた。こんな夢を見るのだ。藤堂藩に復帰して出世している。堂々たるサムライ姿で居酒屋に入ると、奥の席にあかねがいて、こちらを見ている――。または剣術の試合に出て見事に打ち勝つのだが、高座に居並んだ大名家の貴顕の中に、あかねが座っている――」

「はい」

「俺はひとり、ああ、俺は、こんなにあかねが好きだったのか、と思った。あかねに憧れておる男どもは他にもいる。あかねは、ああ見えて、かなりさっぱりとした気性だ。きっと、すぐに俺のことなど忘れ、良縁が見つかるであろう。ことがこうなってしまえば仕方があるまい。だが、いつか偶然、どこかであかねと邂逅《かいこう》することがあれば――」

と、ここで小川は情けない顔をする。

「まあ、よく考えればそんなことがあるわけはないのだが――」

「はい」

「だが、もし、そんなことがあれば、そのとき俺は、立派に名を成して、堂々とした姿を見せたい。そんな、埒《らち》もないことばかりが、頭をよぎった」

「埒もないなどとは」

「いや、本当にくだらない話よ。馬鹿みたいだが、俺は、夜な夜な枕を嚙みしめ、そんな子供のようなことを考えていたのだ。現実には生活に疲れ、気力を失っていく毎日だったのに、そんな血迷った夢想は消えなかった。だから、どぶ臭い長屋で傘張りをしている姿など、見られたくなかった」

それを聞いて甚九郎は立ち上がる。

「どうした？」

「小川さん、再び申し上げます。本当に、申し訳、ありませんでした」

甚九郎は、その場に手をついた。

「そのようなことを、まったく斟酌《しんしゃく》せず、軽率でございました」

「そうではない」

小川は、言った。

「これで、よかったのだ」

「そう思ってくださいますか」

「どんなに傘張りに精を出そうと、町方の暮らしに慣れようと、俺はどこかで、心の奥底の埒もない見栄に執着していた。元藤堂藩の藩士であり、伊勢浪人である誇りを捨てられなかった。そのようなもの、この町では屁の突っ張りにもならないものにもかかわらず、だ。元藤堂藩なんて、いったん世に出れば、どこにも通じぬわ。馬鹿だったのよ。よかったのだ」

「小川さん」

「――あかねは、な」

小川は、こういうと、絶句し、

「嫁に行くのだそうだ」

と吐き出すように言って、どっ、と泣いた。

「それも」

泣きじゃくりながら、続ける。

「相楽の家に入られるのだそうだ」

「なんと」

小川はただ、泣き、甚九郎はまた横でもらい泣きした。

なぜそのようなことになるのだろう。

だが、そういうことなのだろう。

この世はいつも、理不尽だ。

「――美しいあかねに、不幸は似合わぬ。きっと、相楽の家に入り、美しい若奥様となり、幸せな、幸せな、幸せな、人生を送ることであろう」

小川は、泣きながら、言った。

「あかねは、それを、俺に伝えに来てくれた――。藩の内で、正式にそれが発表《しら》される前に、自分の口で伝えたいと彼女は言った。とっくに愛は消えているにもかかわらずだ。最後に彼女は、この俺に、情をかけてくれたのだ」

そうだろうか、と甚九郎は思った。

本当に彼女は小川吉右衛門に情をかけたのだろうか。

　そうではなく、自分の一番美しい時期を無駄にした青臭く子供っぽい男に、あたしは幸せになるぞ、と、ひとこと言ってやりたかったのではなかろうか。

　この三年間、小川は苦労したが、あかねだって相当な苦労があったはずである。内心に憤懣《ふんまん》を抱えていたとしても、不思議ではない。

　あかねの、先ほどの、妙にすっきりとしたような表情を思い出せば、そのほうがしっくりくる気がした。

　だが甚九郎はそのことを、口には出さなかった。

　ただ、泣いている小川の大きな肩を、僭越だと思いながらそっと抱いた。

　すると、その様子を見ていた蕎麦屋の大将がふらりと来て、どん、と、ふたりの目の前に一升樽《いっしょうだる》を置いた。

「おサムライさん、これを呑んでください」

　小川は言った。

「いや――。金がないのでござる」

「かまわねえ。呑んでください」

　すると、蕎麦をすすっていた常連らしき若い職人が、

「おいらも奢《おご》るぜ。やってくんな」

　と言った。

「かたじけなく――」

小川は、涙をぬぐい、二人に言った。

「サムライたるものが、情けない姿をお見せし、汗顔の至り――。恥ずかしくて、もう、神田界隈を歩けませぬ」

「情けないなんてこと、あるもんか」

蕎麦屋の大将が言った。

ねじり鉢巻きの、胡麻塩《ごましお》頭の頑固そうなオヤジだった。

「この世で一番辛《つら》いことはな、大事なひとを失うことだ。愛別離苦《あいべつりく》の理《ことわり》は、お釈迦様《しゃかさま》でも説法される、人間様の根本的な苦しみじゃァねえか。それを情けないなんてぇ言う野郎は、とんでもねえ、くそ餓鬼《がき》だろうよ――」

「そうでえ、そうでえ」

職人の若い男も言った。

「女にふられたときは、男らしく、泣きやがれ。この世で一番苦しいことじゃァねえかよ」

「よおし、今日は、店じまい。こいつを一升、やっつけようぜ――」

男たちは、堀端の岩の上に車座になった。

月が、煌々《こうこう》と夜の神田の町を照らしている。

◇

翌朝――。

ぐるぐる回る頭の泥酔状態で、甚九郎は起きた。

昨日の夜は、神田の堀端で、蕎麦屋の大将と、なんやらの職人の若い奴と、一升樽を開けて大宴会になった――そこまでの記憶はある。

男同士で、さんざん女の悪口を言い合って、肩を組んで笑い、放吟《ほうぎん》し、前後不覚に酩酊《めいてい》したのである。

周囲を見回す――。

狭い部屋に、傘の骨がたくさん下がっている。

そこは、神田松枝町の、小川吉右衛門の長屋であった。

どうやら昨夜、泥酔してふたり、この部屋に戻ってきたようだ。

奥では、傘の山に頭をつっこんだ状態の小川吉右衛門が、大の字になって鼾《いびき》をかいている。

喉が、からからだ。

「う、う、う、う」

と唸り、土間におりて水甕《みずがめ》を覗く。

カラだ。

（こ、これはいかん。井戸までいかねば――）

そう思って、長屋の戸を開ける。

お日様はもう高くあがっており、あまりの明るさに眩暈《めまい》を起こして、倒れそうになる。

這うように、井戸まで行って、桶を水に落とし、引き上げて水を呑む。

「ああ――」

やっと、ほっとした。

すると、木戸の向こうから、ずかずかと色の浅黒い小娘がやってきて、がらり、と小川吉右衛門の部屋の戸を乱暴にあけた。

傘の親方の娘、おはるだった。

「ひゃあ、何をやってンの！」

おはるは叫んだ。

「大事な傘の骨に頭を突っ込んで。竹骨が折れているじゃァないのよ。なんだと思ってるのよ」

部屋の中から、がん、と娘が何かを蹴り上げる音がして、

「うげっ」

という、小川の悲鳴とも呻《うめ》きともわからぬ声がした。

「ま、まずい——。助けねば」

と井戸端に寄り掛かった甚九郎は思ったが、体が動かぬ。

空が、ぐるーん、ぐるーん、と回っている。

ひどい宿酔《ふつかよい》であった。

「進み具合はどうかなと思って見に来れば、このありさま。なんなの。しっかりしてよ。傘の仕事をなんだとおもっているの」

がさ、がさと音がして、どうやら娘、小川の部屋の中の傘の骨を拾って集めている。

「す、すまぬ。真面目にやる故、この仕事は他には回さないでくれ」

小川の声がした。

「本当？　なんでこの様《ざま》なのよ。それに何、その格好。羽織袴なんか着ちゃって」

「出来あがった傘は、ちゃんと、そこに置いてあるだろう」

「本当だ——。ふうん、まあまあ出来はいいわね。でもまだ数が足りないじゃない。それなのに呑みに行っていたってわけ？　いい身分ね」

「さ、昨夜は、やむにやまれぬ用事があって——」

と、小川が、嗄《しゃが》れ声《ごえ》で必死に言い訳しているのが聞こえる。

すると、そこへ、長屋の木戸をくぐって、大きな風呂敷を抱えた武家の女が歩いてきた。

落ち着いた藍《あい》の着物に丸髷。眉をきりりとあげて口元の締まった、しっかりとした表情の女――。

青木道場の、文乃だった。

文乃は、下駄の音も軽ろやかに、からからと路地を進み、やがて小川吉右衛門の戸の前に立った――。

「小川様――」

と、部屋の中を覗き込む。

するとどうやら、部屋の中では、おはるが小川を蹴飛ばしている。

「な、なにをやってるの！」

文乃は言った。

「あんた、誰よ。小川様になにをしているの」

「ちょっと待って、あんた、誰よ。偉そうに」

おはると文乃が対峙する。

（た、大変なことになった――）

井戸端の甚九郎は思ったが、体が動かぬ。

「なにを偉そうに家に入っているの。これからあたし、この部屋をお掃除してさしあげるのだから、出て行きなさい――」

「あんたこそ、何よ。見たところ、武家の女だね。江戸の町方《まちかた》を舐めるんじゃないわよ。小川さんは、あたしンところのお父ちゃんの内弟子に入るんだからね！」

「う……」

「何言ってるのよ。小川さんが着ている羽織袴の紋が見えないの？　剣片喰《けんかたばみ》。これは、あたしンところの道場、小石川諏訪町の青木家の家紋よ。この家紋の羽織を小川さんが着ている意味がわかる？　つまり小川さんは、あたしンところのお弟子ですッ。その月代だって御髭だって昨日あたしが剃ってさしあげたのよ。どう？」

「なんだって。小川さん、この女にそんなことさせたの？　悔しい」

「子供の出る幕じゃないわよ」

「う、うう……」

言い合う二人の女の言葉の間に、小川が、う、とか、ぐ、とか唸っているのが聞こえる。

「なんでそんな羽織をはおっているのよ！」

「なんで傘なんか張ってるわけ？」

ふたりの女は、それぞれ持っていた風呂敷をおいて、取っ組み合いを始めんばかりの勢いである。

見ていると、部屋から、蹴り出されたかのように、小川が外に転がり出てきた。まるで犬っころのようである——。

甚九郎は、必死で近づき、小川吉右衛門をひっぱって避難させる。

部屋の中からは、

「ちょっと、なによ、どうなってるの？」

「どこ行ったのよ」

「はっきりしてよ」

「小川さん、どうするつもりなのよ」

などという金切り声が聞こえ、いろんなものが飛んでくる――。

なんだなんだ、と長屋の住人たちが路地に出てきた。

甚九郎と、小川は、井戸端に座って肩をよせ、部屋の様子を見ていた。

「小川さん、大丈夫ですか」

「甚九郎――」

酒に腫れたぼろぼろの顔、泥だらけになった羽織袴姿のままの小川吉右衛門が、涙の痕の残った情けない顔を歪めて、しみじみと、言った。

「どうするつもりなのよ、かぁ」

「小川さん」

「なあ、甚九郎。俺にはわからん。いったい、明日がどうなるものか。自分がなにをしたいのか。よくわからんよ」

「――」

「風呂屋の二階に、草紙やら絵本があるな。たまに風呂屋に行くと、その絵本を読むんだ。すると為朝公《ちんぜいこう》から児雷也《じらいや》まで、さまざまな物語がそこに載っておる。物語の主人公はいいな。常にしっかりした目標があり、行く道がはっきりしておる。やるべきこともわかっていて、頭はすっきりと明晰《めいせき》で、自分に疑いがない。だが、どいつもこいつも物語の主人公のようにはっきりなんぞ、していられるものか」

「そうですね」

「それだけじゃねえ。世の中の偉い学者先生も、お坊さんも、将軍様から御殿様から、みんながみんな道を説くじゃァねえか。こうあるべきだ、こうするべきだ、とな――。だが、情けないことに、俺にはわからんのだ。俺には、明日などわからん。行くべき道など、わからん。自分が何をやりたいのかも、どうなりたいのかもわからん。どうするつもりなのって聞かれても、わからんとしか言いようがない。俺はその程度だ。――なあ、甚九郎。教えてくれ。世の中の、俺以外の男どもは、みんながみんな、そんなにはっきりと、将来が見えているものなのか？　俺以外の人間はみな、はっきりと目的があって、毎日やることがしっかりしていて、前に進んでいるものなのか？　わからないのは、俺が、馬鹿で、無職だからなのかな？」

　それを聞いて、甚九郎は言った。

「小川さん、安心してください――。どいつもこいつも、似たようなもんです」

「そうか。それを聞いて、ほっとしたぜ」

「浪人だろうが、サムライだろうが、行くべき道がわかっている奴なんて、見たこともない。せいぜいみんな、心のどっかをうまく誤魔化して、手足をばたばたさせるぐらいしかできませんよ。わたしたちのごとき、普通の人間にできることは、明日は今日よりよくなるって信じて、目の前のことに必死で食らいつくぐらいのことです。先がどうなるかなんて知るもんか」

「ふふふ」

「ご立派な志なんざ、くそくらえ」

「お前もか」

「いつか話してくれましたよね。雨が降ったら、傘をさして、その雨があがるのを待つしかない――。雨が降ったのが俺のせいだとか言っていたってはじまりませんよ。いいですよ。雨が降ったら、傘をさしましょう」

宿酔のふたりは井戸端に力なく座って、部屋の中で言い合う女の声を、優しい気持ちで聞いていた。

言い合うふたりの女が、どうしようもなくいとおしく感じた。

きっと、昨夜の酒が、深く深く、体の隅々に染みわたっていたのだ。

◇

半月後——。

藤堂藩上屋敷奥御殿の書院にて、正妻章善院が、日奈姫を引見した。

下の間に日奈が平伏して待っていると、上座に章善院があらわれ、正面に座った。

甚九郎は、老女の山本、守役組頭の大高左衛門とともに、脇に控えている。

格式は整えてあるが、男衆が下の者を引見するときよりも、部屋の大きさも規模もずっと小さい。お互いに話し声が聞こえるほどの距離である。

上座にある章善院は、五十がらみの、皺だらけの老女であった。

それがけばけばしく髪を飾り、化粧をしている——。

それに対して、日奈は、控えめな藍《あい》の打掛《うちかけ》である。

日奈は、平伏し、

「日奈にございます——。章善院様におかれましては、ご機嫌麗《きげんうるわ》しゅう」

と、はっきりした明晰な声で言った。

しばらく沈黙があり、やっと、向かって左に控えた筆頭老女らしき女房が、

「面をあげてよろしい」

と言った。

日奈は、すっと背筋を伸ばして、顔をあげると、太陽のように口元をくつろげ、微笑《ほほえ》んで見せた――。

居並んだ章善院のおつきの女房どもの間から、おお、と嘆息がもれた。

思わず章善院は、

「美しいの――」

と呟いた。

その通りだった。

化粧もしない地味な佇まいの日奈は、けばけばしく着飾り、化粧をした章善院よりもずっと美しかった。

すると、筆頭老女らしき女房が、嫌みったらしく言った。

「姫様――。日奈の母は、殿が吉原遊郭で知り合った下賤《げせん》の商人の娘だそうでございます。しかも、すでに藤堂家を去り、金貸しの男と再婚したとか――。そもそもが、男を騙す血筋なのではありませんか」

すると別の女房が、

「どうりで、下品に笑うと思いました」

と言う。

「しかも、茶の作法も、花の作法も知らず、ひどいものだと聞きます。得意は、殿方に取りいることばかり」

その言葉に、正妻の女房どもは、さわさわと笑ったが、その中にいたあかねのみは表情を変えずに正面を向いている。

日奈は、この嘲笑の中でひとり背筋を伸ばし、微動だにしない。

その表情は甚九郎の場所からは見えないが、その姿は、嵐の中に立ち尽くす竹のように見えた。

それを見つめる山本の肩が、悔しさにぶるぶると震えている。

大高左衛門は、まったく表情を変えず、その心中はわからない。

場が厳しくなってきた。

日奈が耐えられるか——。

甚九郎は、その背中を、じっと見つめていた。

あの日、日本橋で、自分の育った家を眺めていた日奈の細い肩を思いだした。

今、日奈は、戦っている。

この、どうしようもない何かと戦っている。

甚九郎は思った。

明日のことなどわからない。

　ただ、今日は、ここを乗り越えなければならない——。

　負けるな——。

　そして、その日奈の肩が、ふる、ふる、と震えだしたのを見たとき、甚九郎は、迷わず発言した。

「はっはっは、これは、さすがは章善院様のお傍衆の皆様でございます。ご慧眼《けいがん》、ご慧眼でございます！」

　能面のような顔つきで、女房衆の列にまぎれていたあかねの表情が、ふっと驚きに変わってこちらを見た。大高左衛門も、何を言い出すのだ、死ぬ気か！　という表情をして、奥歯を噛みしめてこちらを睨む。

　だが、かまうものか、と甚九郎は思った。

「確かに我が姫は——」

　と顔を上げ、

「この美貌でございます。ちょっと道を歩くだけで、その辺の男などすぐにまいってしまう。故に、国元の御殿におかれましては、日奈様をこの和泉橋の上屋敷から出すなとのお達しでございます」

　と笑った。

「分家の若殿におかれましても、可愛い妹よ、とおっしゃり、はっきりいって、依怙贔屓《えこひいき》してございます。いやあ、ご指摘の通りですな」

「貴様は誰じゃ」

「は――。伊賀衆澤村家、甚九郎にございます。本国にて御殿より、日奈姫の護衛のお役を承り、御守役を勤めさせていただいております」

「伊賀衆」

「は――。ありていに言えば、忍者でございます」

甚九郎は言った。

正確に言えば士分であって、忍者ではない。しかもその術の稽古など、子供の頃わずかにしただけで、まったく修業などしていない。

だがここは、この女衆を脅しておく必要があると思った。

「本家の御殿は、この日奈様の御身に何かあってはならぬと、忍者たる拙者を御守役につけました。ゆえに、拙者、これからも日奈様の御身を守り奉る所存」

「忍者とな――」

「ははは。そのとおりでございます。そのため、拙者、常にこのような『投げ爪』と呼ばれるものを持ってござって――」

と言って、甚九郎は懐の皮袋から金属片を取り出し、

「このように、投げることができます」

といって、庭の松に向かって投げつけた。

投げ爪は、カッと音を立てて、松の木に突き立った——。

「何かあれば、わが投げ爪が、賊を切り裂きまする」

「きゃあ」

「ひぃッ」

女衆から悲鳴のような声があがった。

すると、日奈が鋭く言った。

「澤村——」

「はっ」

「やめなさい」

「はっ——。失礼仕った」

甚九郎は、平伏した。

そして、日奈は、改めて大きく息を吸うと、落ち着いた声で、下手《したて》に出た。

「わが手のものが、失礼いたしました——。おっしゃるとおり、わたくしは卑賤の出にして教養も格もございません。御殿、若殿ともに、その出自をあわれみ、事あるごとにお声掛けいただき、ご配慮もいただいておりますが、ご覧のとおりの無学な若輩《じゃくはい》であり、到底御家のことなどは務まりません。よって、これからも日奈は、章善院様のお達しに従います。章善院様をさしおいて出すぎた真似などいたしませぬ」

再度平伏する。

「天地天明に、誓いまする」

その態度に、章善院は満足し、

「よろしい」

と頷いた。

「なかなか可愛い姫ではないか」

「本日は、お目通りをお許しくださり、まことにありがとうございました」

こうして、日奈を先頭に、山本、大高、甚九郎と、奥を退出した。

退出するとき、日奈は小さな声で言った。

「澤村――」

「はっ」

「ありがとう」

甚九郎はすぐに、膝をつき、頭を下げて控えた。

「褒めてつかわします」

◇

この面会の噂は、すぐに上屋敷内に響き渡った。

章善院と日奈姫の和解――。

日奈の評判はあがったが、甚九郎の大胆な言動については、非難の声のほうが多かった。僭越で、無礼な態度である、ということだ。何か処分のことがあるのではないかという噂もあった。

だが、甚九郎は気にしなかった。

(明日のことなど、知るものか――。あのとき、主人を守って声を上げねば、サムライではないわ)

そんな気分だった。

忠はサムライの規範の第一ではないのか――。

怒りに似た気持ちが、どこかにある。

そしてある日、武家長屋の前に桶を出して、下帯を洗っていると、ふいに頭上から声をかけられた。

立派な羽織を着た相楽監物だった。

後ろには、にこにこ笑みを浮かべた剣客の渡辺三十郎も立っていた。

渡辺とは、例の名張の騒動以来、どこかお互いに親密の情をもって付き合いが続いている。

相楽は、でっぷりとした体をゆらし、ぶ厚い唇を濡らして、いつもの傲慢な態度で胸を張り、

「澤村、やりおったなあ――」

と、笑った。

甚九郎は立ちあがり、下帯を両手でぱんぱんと引っ張りながら、

「やりおった、とは――？」

と聞く。

「あの章善院様に、ひと泡吹かせたというではないか」

「ひと泡吹かせたつもりはありませんが」

「屋敷中の評判だ――。みんなあの御方《おんかた》の扱いには苦心しているゆえ、みな内心では貴様の快挙には拍手喝采よ」

「はあ」

「ところで――。澤村」

相楽は、急に真剣な顔をして、声をひそめた。

「貴様、どうやって日奈姫と章善院様の会談を周旋したのだ？」

その問いに、甚九郎が改めて顔をあげる。

相楽の顔を見ると、その顔は真剣である。

「実は分家の若殿が、まだ章善院様と、お会いできていない――。若殿は、一刻も早く章善院様と会って、非礼を詫びたいとの御心だ。さきほど分家の伊勢殿と話してきてな。どうやって日奈姫は、章善院様にお会いできたのか、お傍衆に聞いてほしいとのことだった――」

甚九郎は、両手に下帯を持ったまま、相楽の顔をじっと見た。

この男が、これからの藤堂家の中枢に上がる男なのか――。

そう思った。

なんだか、くだらないな。

そう思えてならなかった。

甚九郎は、言った。

「いえ――わかりません。なぜか、急に、会談が決まりました」

「隠すなよ」

「いえ、本当です。きっと、老女の山本様の嘆願が通ったのです」

「本当か？」

相楽は、不満げに言った。

「噂では、貴様が裏で根回しして、実現させたとのことだが」

「買い被《かぶ》りでございます。わたしにはそんな周旋の力はございません」

「――若殿のためなんだぞ」

「存じ上げないものは、存じ上げないのです」

「そうか――」

相楽は、不満げに唇を噛みしめながら、

「では、仕方ない」

と肩を落とした。

なぜだろう――。

なぜ相楽は、婚約者たるあかねの筋を使わぬのだろうか。

それともあかねは、まだ相楽に心を許しておらぬのか。

確かに武家の縁組であれば、結納当日まで両者が会わぬことも当然であるが――。なにか政事周旋において難しいことがあるのかもしれない。なにしろ城下の巨商の娘が譜代の名家に嫁ぐのである。

「それでは、邪魔したな」

そうやって武家長屋を立ち去ろうとしたその背中に、甚九郎は言った。

「相楽様」

「なんだ」

「奥方様がお輿入れなさるとか――」

すると、相楽、驚いたように振り返り、目を見開いた。

「誰に、聞いた？」

「いや」

「まだ誰にも外に漏れていないはず――誰から聞いたのだ？」

「言えませぬ」

甚九郎は、きっぱりと言った。

その顔つきを見て、相楽は、気味悪そうに顔をしかめた。

「――わからんな」

「は」

「伊賀衆はわからん」

そう言って相楽は、体をゆすって去って行く。

その後ろを歩きながら、渡辺三十郎が密かにこちらを振り返り、笑顔で会釈を投げてよこした。

甚九郎もまた、柔らかい笑みを浮かべて会釈をした。

去って行くふたりの背中を見つめながら、甚九郎は思っていた。

「――今は晴れていても、明日は雨かもしれない」

そして、下帯を干しながら考えた。

「今は雨が降っていても、いつかは上がるかもしれない」

太陽が眩しい。

「――明日のことなど、誰にもわからない」

そうだ。

気にせず、行くのだ。

雨を怖れて外に出ないなんて、馬鹿げている。

雨が降ったら、傘をさすまでだ。

さむらいなこうど

国元の兄、澤村才蔵幸盛から甚九郎あてに手紙が届いた。

先日の送金の謝礼と、近況報告である。

国元において兄の立場は、さらに厳しくなってきているようだ。

「拙者の知らないところですべてが決められ、自分は外されている」

兄は、手紙で書いてきた。

心痛のあまりやせ細り、頬のこけた兄の顔が思い浮かぶ。

（兄上——辛かろう）

正直、番役の仕事など、四日に一度城に出仕して、番役詰所に控えておる程度のこと。

正直言ってくだらないが、その程度の仕事であっても、組頭からお役目の順番をはずされたり、しかるべき情報が降ろされなかったりということが重なれば、精神的には厳しくなる。

兄は、人付き合いが好きな甚九郎と違って、実直一直線の不器用な男である。伊勢衆の上士どもが、楽しそうにわいわいやっているのを横目で見ながら、ひとり下城する苦しさを想像するだに胸が痛む。

（武家などというものは、実にくだらぬ！）

甚九郎は思った。

武家など、本当に埒もない。そのつもりではないと言い訳しながら、くだらぬ虐《いじ》めを平気でする。真綿で首を締めるように順次肩書や役職を外し、大事なことは一部の仲間うちで決める。ゆっくりゆっくりと意思決定から外していき、自ら耐えられなくなるのを待つ。

そしていざとなると、

「われわれは、卑怯なことなどせぬ。内規に従って、しかるべき手続きでお役目を果たしているだけである。すべてはお手前の責任、修業不足である」

などと、抜かすのだ。

陰険極まりない。

しかし、武家たるもの、ご先祖のため、また守るべき家族のためにも、お勤めを辞めるわけにはいかない。耐えるしかないのだ。

（ふざけやがって！）

甚九郎は、改めて自分の身の振り方を考える。

これ以上実家に迷惑をかけることも心苦しい。そもそも武家の次男三男は、自らで生活を立ちゆかせることを考えねばならない立場だ。

たまたま縁あって、今は江戸屋敷で奉公しているが、それだっていつまでの話かわからない。

兄に言われるまでもなく、内心、この江戸在府中に、自分の将来に役立つ何らかの伝手を掴まねばと思っている。だが、思ったよりも仕事がない。この町においても、そう簡単に潰しの利く話はないようだ。

長屋を出て、屋敷の門の外に立って、和泉橋にむかう道を見ていると、背中に風呂敷包みなどを背負《しょ》った町人どもが忙しそうに行きかっている。

（まったく、町人どもは皆それぞれ生業《なりわい》を持って、自分のやるべきことを忙しくやっているようにみえる。なんとも気楽で、うらやましいわ）

そこで甚九郎は、つい数日前、小川吉右衛門に教えてもらったサムライ専門の口入屋《くちいれや》（人材派遣）に行ってみることにした。

その店は、大川の向こう。

厩《うまや》橋を渡って、本所《ほんじょ》の町をさらに抜け、若宮《わかみや》町、横川《よこかわ》町と進んだ辻《つじ》にあるという。

教わった通りに進んでいくと、町がだんだんと荒《すさ》んでいくのがわかる。

考えれば、このあたりは神田や下谷《したや》の町人どもが『川向う』と蔑むあたりである。

大川橋を中心とした一帯や竪川《たてかわ》沿いは綺麗だが、その奥は随分と貧しい町並みになっていた。

そんな町角に、その口入屋はあったのである。

ぼろぼろの暖簾に『高麗屋《こうらいや》』と、白く染め抜いた屋号らしきものが見える。

甚九郎はなんとなく、緊張して、その暖簾をくぐった。

すると中は、広い土間になっていて、正面に板の間があり、小机や書類棚が並んでいる。

最初は薄暗くてよく見えなかったが、やがて眼が慣れて見え始めると、土間の隅に置かれた縁台のあちこちに、薄汚れた男たちが目ばかりをギラギラと光らせて座っていた。

不穏な雰囲気だった。

「むう」

見回すと、どれもこれも貧乏をこじらせたような浪人どもだ。月代も髭も中途半端に伸ばして、継《つ》ぎを当てた着物と、ほとんど襞《ひだ》がなくなった袴を身につけている。質素であってもきちんとした身なりをしている甚九郎は、いかにも異質である。

男たちは、殺気に満ちた顔をあげて、こちらを見た。

「ご、御免」

甚九郎は居心地の悪さを感じ、すぐに店を出た。

外の路地に出ると、空気が澄んで、ようやく息ができるような気がした。

実際、高麗屋の空気は垢じみていて、どこか苦しかった。

（なんだ、なんだ、ここは）

甚九郎は思った。

小川吉右衛門の話では、高麗屋はサムライ専門の口入屋であって、なかなか評判がよいということだった。口入屋などはこの江戸では犬のクソほどあろうが、サムライ専門というのは少ないのだという——しかし、こんな所であったものか。

小川吉右衛門も、こんなところに出入りして仕事を貰《もら》っているのだろうか。何か、自分にも見えていなかった小川の暮らしの荒《すさ》んだ一端を垣間見たようで、気持ちが沈んだ。

甚九郎は、しばらく路上に佇み、高麗屋にひとが出入りしているのを見ていたが、なんとなく自分にはふさわしくない場所に思えて、その場を離れることにした。

（ま、こんなこともあるさ）

本所を西へ向かい、大川に出たら今度は行きとは道を変えて、南に川沿いを下り、両国橋を渡って神田を上屋敷まで帰る。

すると屋敷では、大高左衛門が長屋前でサムライたちに囲まれて、何やら怒鳴られていた。

「？」

近づいていくと、しょんぼりと長屋前の縁台に座っている大高を責めているのは、上士で勘定役の箕輪城之助と、その手下で剣客の脇坂仁之助であった。

「頼んでおいたではないか」

「簡単なことであるのに、それほどのこともまともにできぬとは、呆《あき》れたものだ」

「まったく貴様はいつもぼうっとして、藤堂家家臣として恥ずかしくないのか」

甚九郎は、慌てて割って入る。

「ど、どうしたのですか。何があったのですか」

すると、サムライどもは、むっとした表情で甚九郎を睨んだ。

彼らは、先だっての名張の刀争の夜以来、甚九郎に一目おいて憚るところがある。

不満げに、説明する。

「大高に、最高級の江戸櫛を買うように頼んだのだ。女櫛《めぐし》よ」

「女櫛？」

「ああ。国元の智峰院《ちほういん》様のお望みとのこと。御殿から密書があったのだ」

「密書、ですか――」

「いかにも。江戸屋敷の章善院様に憚りがあってのことだろう」

箕輪城之助は苦々しく言った。

「御殿としては、秘密裏に入手して国元に送れとのことだ。御殿も、正妾《せいしょう》様の御要望となれば、是非もあるまい」

「はあ」

「だが、このようなお役目、我らにどうこなせというのか。命令の性質上、女衆に相談することはかなわぬ。正室側に漏れれば、どのような修羅場が待っているかわからないからな。そこで姫君の御傍にある大高殿に相談したというわけだ」

「なるほど――。日奈様であれば、章善院様からも智峰院様からも遠いお立場にあり、秘密は漏れにくい」

「いかにも」

「それを聞いた大高殿は、わかりました、思わぬ大役、頑張って勤めますと、はりきって承ってくれた」

それを聞いて、甚九郎は、大高の顔を呆れて見下ろした。

なんとなく想像がついた。

大高や甚九郎のような、下っ端の非主流の藩士にとって、直接藩主に報告される仕事など滅多にない。しかも藩政の中枢を牛耳る筆頭側室や、箕輪城之助と脇坂仁之助といった主流派にかかわる事柄である。

大高は張り切って承ったのであろう。

「しかし、大高殿が買って来たのは、これである」

ふと、大高の膝の上にある桐《きり》の箱に入った櫛を見る――。

真っ赤な漆に、珊瑚《さんご》をあしらった派手な娘櫛である。

これはこれで立派な細工だ。

「なぜ、このような振袖の娘が使うような下品な櫛を買ったのだ？　国元の智峰院様は、もう四十歳を超えておる令婦人だぞ。大名家の正妾が使うにふさわしいものを買うのが、お役目ではないか」

責められて大高、もう泣きそうである。

大高は顔をあげて、甚九郎の目を見ると、弱々しく、言った。

「日奈様に聞いたのだ。おそれながら、姫君が喜ぶような江戸ぶりの贈り物の櫛は、どこで買えばよろしいと思いますか、と……」

「ふむ」

「日奈様はおっしゃった。贈り物であれば日本橋の久闊堂《きゅうかつどう》が江戸では一番であろう、久闊堂の櫛をもらって喜ばぬ姫はおらぬ、と。そこで拙者は、その店に出向き、一番高いものを買ってきた……」

「大高様、これは町娘にとっての最高級品でございます。日本橋、神田、両国あたりのおきゃんな娘の好みでございます――」

甚九郎が言うと、大高は肩を落とす。

「ううう」

大高は泣き出した。

すると、上士のサムライどもは、ここぞとばかりに責める。

「まったく、何から何まで使えない男だ」

「武家の用向きにふさわしい櫛ならば、芝神明《しばしんめい》の松永持眞堂《じしんどう》か、銀座の薩摩《さつま》屋風右衛門ではないか」

その尊大な態度を見て、甚九郎は腹を立ててしまった。

（仮にも御家に長年奉公してきたサムライに対し、その無礼な言い分はなんだ！）

確かに、大高は駄目上司かもしれぬ。

外見からして、でっぷりと贅肉《ぜいにく》がついて、目は細い三白眼で、腰回りはつねに窮屈そうだ。頭が切れる言動は皆無だし、裏でいろいろ動きまわって小細工をするわりに、役得を得るのに失敗している。

だが、それはそれだ。

同じく御家に勤めるサムライであれば、お役目の違いなど、なんであろう。

外から見れば、あんたもこっちも同じ藤堂侍だ。まったく変わらぬわ！

甚九郎は、足を踏み出して、言った。

「お待ちください。たかが櫛の買い間違いで、そのように責めなくてもよろしいではありませんか」

「たかがとはなんだ。御殿の密命だぞ！」

箕輪城之助は重々しく言った。

甚九郎は内心、

（その密命が、くだらねえんだよ！　たかが妾のわがままに、大の大人が右往左往しやがって！）

と思ったが、まさか口には出せない。

「明日、また買いに行って来ればいいのでしょう。芝は遠いけれど、銀座の薩摩屋ならばすぐ行ける」

「もう遅い。国元に戻るわが手の者が出立するのは、明日の朝だ」

「では、飛脚を立てて、後から送ればいいではないですか」

「そのような無駄金を使うわけにはまいらぬ」

四十を超えた妾の櫛を買うことが無駄金ではなく、飛脚を立てる金が無駄だという理屈がよくわからないが、要はいちゃもんである。弱い立場の者のしくじりを必要以上に騒ぎ立てて、面白がっているだけだ。ふざけやがって。

甚九郎は腹を立て、勢いに任せて言ってしまった。

「わかりました――では、今からわたしが買ってきますよ。それならいいんでしょう？」

「な、なにを」

と、これは大高の言葉である。

甚九郎は胸を張って続けた、

「まだ七つ（午後四時ごろ）過ぎではありませんか。ぎりぎり間に合いますよ」

「ほう」

脇坂仁之助は、嫌みったらしく言った。

「さすが忍者だな。これほどの距離は大したことないらしい」

その言い方にまた腹が立つ。

「忍者でも、走れば疲れます。それに、わたしはサムライだ。忍術よりも剣術のほうが得意――。覚えておいてください」

甚九郎はそう言い捨てると、大高が握っていた用金の残りをむんずと握って懐中に入れ、くるりと背を向け、鼻息も荒く銀座に向かった――。

◇

「まったく、大大名の上士などは、尊大なばかりで、埒もあかぬ奴どもよ」

ぶちぶちと文句を言いながら、甚九郎は和泉橋を渡って、まっすぐに日本橋をくだる。

本所から帰ってきたばかりで疲れていたが、そんなことも言っていられない。売り言葉に買い言葉である。

息を切らして人ごみをぬけて、夕方暮れ六《む》つ（午後六時ごろ）の鐘が鳴って店が閉じるギリギリに、銀座の薩摩屋風右衛門に飛び込んだ。

藤堂家の鑑札《かんさつ》と書きつけを渡して身分を明かしたうえ、事情を話して手付を払い、最高級の櫛を出してもらってあれこれ見て、まあ、これでいいだろうというものを入手したのが六つ半である。

まあ、よく頑張った。

長い一日だったな——そう思いながら、丸提灯を借りて店を出る頃には、日はとっぷりと暮れていた。

だが、もう急ぐ必要はない。

櫛は買ったのだ。

ゆっくりと歩いて北へ向かう。

すると、日本橋のいくつもの町を通り過ぎ、ようやく神田に入って紺屋町、松枝町と抜け、神田川に出ようとしたあたりで、

「もし——」

と声をかけられたのである。

「むっ」

甚九郎は、暗闇に丸提灯を掲げた——。

そこに立っていたのは、弓張《ゆみはり》提灯のような縦長の提灯を掲げた小者風の男であった。

身長は五尺ほど――。顔中に皺《しわ》が刻まれた、サルのごとき小柄な中年男である。

男は言った。

「おサムライさん」

「おサムライさん、昼、高麗屋にいましたね――」

「えっ」

甚九郎は驚いた。

「貴様、なぜそれを」

「すみませんがね、つけさせてもらいました」

「何者だ」

「怪しい者じゃァございません」

にやり、と闇の中で小男は笑う。

どうみても怪しいではないか。

「金が、必要ですかい？」

小男は聞いた。

「それとも、仕事が必要ですかい？」

なおも甚九郎が男を凝視していると小男は、ふっと視線をはずして小さな息をついて、

「仕事か、金か――。どっちでもいい。必要だから、あんな店にいた。違いますかい。つまり、おサムライさんは、今のお立場に不満があるってこった」

そして、下から舐めるようにして、甚九郎の顔を見る。

「相談に乗りましょう」

男は、薄い唇をつるりと舐めて、

「二日後、昼の四つ（午前十時ごろ）に、蔵前の須《す》賀《が》町の川沿いにある茶屋『竜おか』に来てくださいませんかね」

と聞く。

「お役目がある」

「じゃァ、三日後だ。よろしゅうございますね」

「何を言う」

「まあ、聞くだけならタダでしょう。あたしゃァ、あなた様を見込んだのですぜ――あなた様のことは、以前から噂になっていたんだ」

「何ッ」

カッと頭に血が上るのを感じた。

「何者だ！」

「そう怒らないでください――。いい話なんだから」

「おのれ」

甚九郎は、右手で懐中の櫛の桐箱が無事なことを確認しつつ、左手で刀の鯉口《こいぐち》を切った。

(よし――。たかだか町人風情の小男ひとり。この間合いなら、いつでも斬れるぞ)

そう思ったとき。

小男はさっと間合いを外し、

「落ち着いてください、物騒な。困ったな――本当に、あたしはあなた様に仇《あだ》をなそうとしているんじゃァないんです。むしろその逆だ。あなたと仕事をしたい、だから、これがご縁と声をかけさせていただいた」

と言った。

「なにを」

「ともかく、一度話を聞いてくださいな。あたしのことを斬るのはそのあとでもいいでしょう?」

「――――」

「三日後『竜おか』。頼みましたよ」

そして、次の瞬間、男の姿は神田の町の闇に消えていた。

◇

三日後。

甚九郎の姿は、両国橋北須賀町の『竜おか』にあった。

大川に張り出す床座敷があるが、決して高級ではない気安い感じの茶屋である。甚九郎は充分に用心して壁を背にして、店全体が見渡せる場所に陣取った。

このような話など、無視してもよかった。

だが、妙に気になる。

三日のうちに、話だけでも聞いても良いではないかという気持ちになったのである。

大川の流れを見ながらしばらく待っていると、武家屋敷に勤めている小者風の男が、にこやかに店に入ってきた。

背が低く、顔が小さく、しわくちゃである——確かに三日前のあの男であった。

だが昼間、陽の下で見る男は、あの夜の姿と違って、ひどく人の良さそうな男に見える。暗闇で提灯の灯りの中で見たあの怪しい雰囲気は、いまはもう消えている。

男は、

「笠屋《かさや》の卯吉《うきち》と申します——」

と名乗ったあと、

「澤村さん——。あなた、評判ですよ」

といきなり言った。

あっ、と甚九郎は切っ先を取られたような気がした。

「藤堂家の御家中に、忍びがいると——」

「忍び……」

「それが、ひどく強い。剣術に長《た》けたサムライは、この江戸にはたくさんいる。だが忍術はなかなかいない。人柄のちゃんとしたサムライで、しかも忍術にも長けているとなると、これは滅多にない」

「………」

「しかも、藤堂家での身分はたいしたことはないらしい。給金も俸禄も悪そうだ。しかも、嫡男ではない——」

卯吉は、上目遣いで、ぼそぼそと言った。

甚九郎は、まだ警戒を解かずに聞いた——。

「何を言い出すのだ」

すると卯吉は、熱を込めて、前のめりに語り始めた。

「いいですか、澤村さん。この江戸って町にはね、天下の二百余の大名家の屋敷が、上、中、下、と五百、六百とあるのだ。当然、そこで働く者の数も、大変な量です。だから大名家というものは、この江戸で、新しい人間を常に探している」

「そんなはずはない。今、大名家は、どこも台所が厳しいはずだ」

「それは表向き」

卯吉は薄い唇を舐めつつ、言った。

「大名家が表立って人を探しているなどと言ってごらんなさい。この江戸に巣くっている有象無象の連中が押し寄せて、大変な騒ぎになってしまいます。だからこういうことは表に出てこない。御家は、むしろ、無用な奴らを切りたいぐらいなものなのですから。だが、裏では常に有用な士《もの》を探している――」

「有用な士」

「そう」

卯吉は頷き、上目遣いで、

「澤村さん、あんたのようなサムライをね」

といった。

その目つきに、甚九郎は息を呑む。

「あたしはね、この江戸で、そんな大大名と言われる御家から御用を賜って、ひとを探している。そういうお役目を賜っている斡旋《あっせん》屋なのですよ。世に、さむらいなこうどと言うのですがね」

「――――」

「あたしはね、こういう稼業をやっておるから、この江戸の数ある大名家の長屋に住んでいる若いサムライどもを、百、二百と知っている。密かに調べ上げて、他の家に養子に出せるような人材はいないかと常に考えている。そして、あなた様には、ずっと前から目をつけていたのです」

「な」

「あなた、ちょっと前に、小川町の神谷新左エ門先生の所に出入りしていましたね。そして先日の、醫學館前における賊との刀争――」

「あの事件は、どこにも漏れていないはず。秘密なのに」

「ふふふ。蛇の道は蛇――」

ぎらり、と目を光らせて、

「知っております。あなたの活躍は」

と怪しく笑う。

「実戦の経験は、非常に貴重です」

「何を言う」

「つまりですな、あたしのごとき、さむらいなこうどの界隈では、藤堂家の忍者の次男はねらい目だと、すでに評判だったというわけなのです。どの男が落とすか――いや、失礼。あたしの同業者《なかま》の間では、養子縁組を成立させ、サムライを移籍させることを、落とす、と言うのでね」

「なんたること」

「まあ、こんな稼業ですから、本所の口入屋、高麗屋なども常に見張っております。ですが、あんなところに集まるものは、人生を諦めたような浪人ばかりで、役立ちそうなものはなかなかおりません。ところが――」

「ところが」

「そんなところにあなた様が顔を出した――。驚きましたぞ」

「め、面目次第もござらん」

「いや。あんなところに顔を出したということは、今の仕事に満足していないということ。御家の評価や扱いに満足が行ってないということです。違いますか」

「う――」

甚九郎は絶句した。

ここ数日で起きたことを想う。

国元の兄は、虐められている。

大高も、どうみても頼りになりそうな上司ではない。

藤堂家内は、それぞれが派閥に別れて、くだらない争いばかりしている。

今のまま働いていても、一向に太陽の光は当たりそうもないではないか。

「拙者は藤堂家家臣だぞ」

必死でそんなふうに答える甚九郎の顔を見て、卯吉はにやりと笑った。

「ふっ――」

「なに」

「今どき、大大名のサムライなぞ、なんのお役に立ちましょう」

「なんだと？」

「先の老中田沼様をごらんなさい。小さな御家人の身から立ちあがり、実力で上り詰めた――。つまり、実力の時代というわけでございますよ」

「なんと」

「これも何かの縁だと思いませぬか。あたしのような稼業をしているものが高麗屋のような場末で、あなたのようなかたと出会った。この機に声をかけないわけにはまいりません。ゆえに三日前、あたしはあなた様の後を追って橋を渡ったのだ」

「――」

「あたしは急ぎません。ただこれをご縁に、行き先を、二、三、お勧めさせていただけませんかね、というだけでございます。いえ、あなた様には一文ももらいません。あたしには、先の大名家から、たんまりとお礼が入るのでね」

「なんということを言うのか」

あまりのことに、甚九郎は、この卯吉を叱りつけるべきだと思ったが、いや、待てよと思う自分もいた。

こちらからは金を取らぬと言うではないか。

それが、本当だったら、これは良い話だ。

そもそも自分は、藤堂家では評価されていない。

閑職で飼い殺しにされ、お役目が終われば、故郷《くに》に帰されるだけだ。

卯吉は言った。

「かつて、元禄の昔の話ですがね。貧乏な越後浪人で、町道場で酒ばかりを呑んでいた中《なか》山安兵衛《やまやすべえ》殿が、赤穂浅野《あこうあさの》の堀部《ほりべ》家へ養子に入り『堀部安兵衛』となった。そして、今なお、武士の鑑《かがみ》と語り継がれる働きをなされた――。そのことはさすがに知っておいでですね？」

「有名な話だ」

「――あの縁組も、あたしどものような、斡旋業者《さむらいなこうど》が間に入って作った縁組だったのですよ。なに、心配いりません。あなたが気に食わなければ、いつでも断ってくだされればいいのだ。あたしにとって、これは数あるお仕事のひとつ。よくあることでございますよ」

「強引だな」

「いえ、そんなことはございません。仕事でございます」

「むう」

「あなた様の意に沿わぬことは決していたしません。ただ、これをご縁に、また会ってくださいませ。あなた様の居場所はわかってございます。こちらから連絡《つなぎ》をつけます――。ただね、一つだけ。あたしの同業者《なかま》が現れたときだけ、断ってくだされればありがたい。自分は卯吉と話しているゆえ結構と、ね。狭い業界ですから、それだけでわかります。そして、こういった人事《じんじ》のことは、他に漏らさぬがよろしい。たとえどんな朋友であっても、あなたさまが条件の良い養子に入るなどということが漏れれば、必ず邪魔が入って破談になる。いいですか。それだけ、よろしくお願いしますよ」

◇

その夜――。

武家長屋の煎餅《せんべい》布団に横になった甚九郎は、なんとなく眠れなかった。

怪しい男であった。

だが、いっぽうで、魅力的な話であった。

澤村家の本家は安濃津にあり、貧しいながらも兄が守っている。自分は冷や飯食いで、江戸の勤務も臨時雇いのようなものだ。将来など何も見えていない。

もし自分が、しかるべき大名家から養子の声がかかり、しかるべき俸禄をとることができれば、自分の糊口をしのぐだけでなく、実家を助けることもできるかもしれぬ。

(そうなれば、素晴らしいではないか)

震えるような感じがした。

(しかも俺の働きが、ある界隈では評判だと？　藤堂家の中では無視されているというのに、誰かが自分の働きを見てくれているというのか)

率直に、それが嬉しい。

(故郷と異なり、江戸にはさまざまな人間がいる。さまざまな目がある)

自分は、自分なりに精いっぱい働いている。

だが、この藤堂家では、報われない。

このままでは、きっと、ずっと同じだ。

それでいいのか。

ずいぶんと、つまらないではないか。

自分もまだ若いのだ。

若いうちに勝負しなければ、手遅れになる——。

そんなことを考え、まんじりともしないまま、長屋の汚れ天井が、朝日に段々と照らされていくのを見ていた。

◇

翌日の己丑庵。

「なんだ、澤村――。真っ赤な目をして」

日奈は言った。

部屋には山本とふたりの女中が控え、大高左衛門も同席している。

「も、申し訳ございません。昨夜、よく眠れませんで」

頭を掻きながら、甚九郎は言った。

「まあ。サムライたるもの、眠るのも鍛錬《たんれん》ではないの？　忍者はどこでも眠れるし、また数日寝なくても大丈夫と聞いた」

「姫様――。何度も言いますが、拙者は忍者ではございません」

「先日は、章善院様のお女中連中の前で、忍者でございと名乗ったではないか」

「あれは、あの場を収めるための方便でございまして」

「ふふふ。ごめん、ごめん、からかっただけ。澤村には感謝しているわ」

日奈は、そう言うと太陽のように眩しく笑った。

すると、横から大高が言った。

「いや、これは拙者が落ち度でございまして――」

大高は、本当に昨夜のことを感謝しているようだ。

「殊勝にも、この澤村が拙者の失敗に、助太刀をしてくれましてな」

といって、経緯をひととおり説明する。

日奈と山本は、興味津々で聞いていた。

櫛のひとくさりを聞いて日奈は、

「この前、大高に尋ねられた話は、父上の御妾さまのお土産だったのか。ごめん、ごめん、あたしの助言が間違っていたんだね」

と、言った。

「いえいえ、あれは、拙者の聞き方が悪かったのです。最初から妙な忖度をせず、全て隠しごとなく話すべきでした――。どうか、この件、御内密に」

「わかってるわよ」

「拙者も、これは御殿からの直々の御命令ぞと、はりきって引き受けたものの、女衆の力を借りずに女物の江戸櫛を買うなぞ、無理な相談でした。見栄を張らずに最初から無理だと言えばよかった――」

「ふふふ――。じゃ、日本橋の久闊堂の櫛はあたしが貰ってあげるから、手配しなさい」

「そんな。ご勘弁してくだされ。払い戻して、金銭を納めよとの指示でございます」

「なんだ、つまらぬ。あははは」

そんな話をしながら、日奈はまた頰を膨らます。

「ああ、楽しい話を聞いて面白かったわ。だけど、国元の御父上にもあきれたものねえ。領内の経営も厳しいと聞きます。先日の名張とのことも、あのままじゃァすまないでしょう？　あれこれ大変で忙しいはずですのに、女物の江戸櫛を送れと、わざわざ密書で指示してくるとは――」

「国元には国元の事情がおありになるのでしょう」

「たいしたことないわよ。せいぜい、古いじいやとばあやの足の引っ張り合いでしょう？くだらない」

「姫様、古い武家というものは、それゆえに成り立っているのでございますよ」

これは山本である。

「御家のことは、姫様のことでもあります。自分ごとと弁《わきま》えなされ」

落ち着いた声で窘《たしな》める。

「ふうん、でも、この分だと、まだまだ国元の御父上から外出のお許しは出なさそうねぇ――」

「仕方がありません」

「まあ、この前は兄上様と歌舞伎を見に行ってあんなことになっちゃったわけだから一言もないけどねえ。でも、退屈だなあ。町に出たいよ。三津五郎の舞台が見たい——ね、澤村、また密かに日本橋に連れ出して、見せておくれ」

「む？　また？」

控えていた大高が変な顔をしたが、甚九郎は慌てて取り繕った。

「ひ、姫様、そのようなことは、ご勘弁を」

大高は、あの秘密の外出の件は知らぬのだ。

すると山本が、言う。

「姫様——。外出はままなりませんが、その分、御屋敷内奥の章善院様から、遊びに来いというお手紙が来ておりますよ」

「ええ、なんでよ」

「この前の面会で、章善院様は、姫様をお気にいりになさったようで」

「えー」

「堂々と挨拶なさったのがよかったのでしょう」

「嫌よ。なんで、あんな厚化粧のオバちゃんに何度も会わなくちゃならないってわけ？以前はあれだけ会うことを拒んでいたっていうのにさ」

「いいことです。正室様に気に入られて、親しくしていただくというのは、いいことなのですよ」

「うげー」

「章善院様におかれては、あの面白い忍者も、ともに遊びに来るとよい、とのお話です」

「え、わたしも」

甚九郎は顔をあげた。

「よほどに、あの日のことが楽しかったのでしょう。また投げ爪を見せて欲しいとのお達しです。おかげで最近は先方の女房衆のあたしの扱いがよくなりました。いずれもいいことです。正妻様というのは、大名家においては江戸屋敷を預かる大事なおかたなのですから。そのお召しとなれば、名誉のことです」

「どうしても？」

「はい」

「うう」

「姫様、澤村——ふたりとも、覚悟をお決めください」

日奈と甚九郎は、顔を見合わせた——。

横で、大高も満足そうに頷いている。

◇

昼下がりの、薬研堀近く。

「まだどこの御家かは言えませんが、御殿様直属の御庭番のお役目にて、二百石のお話がございます――」

両国橋から元柳橋にかけての、大川土手に並んだ粗末な水茶屋のひとつに入って、卯吉が言った。

「に、二百石！」

澤村甚九郎は思わず、お茶を吹き出しそうになった。

凄い金額である。

（お、俺が、二百石取り？　そんなことが？）

ちなみに、実家は、十五石十二人扶持だから、あわせて五十石にも満たぬ。

正直、うろたえた。

（どういうことだ？）

頭の中がぐるぐると回る。

（つまり俺は、サムライと言っても単なるサムライではないってことか？　すなわち、士

分の忍者だ。この江戸の武家界隈で忍者の評価はこれほど高いものか。どうすればいいのだ）

先方の大名家から忍術を期待されても、忍術などは大してできない。投げ爪を投げるぐらいはできるが、あんなものは、多少訓練すれば誰でもできるのだ。

汗が、どっと出た。

その横顔を見て、卯吉は続ける。

「この話はまだまだ破談の可能性もありますので、どうか内密に――」

「う、うむ」

「先方は、澤村様が、浪人ではなく士分であることを高く評価されています。養子という形をとれば、両家縁組としても自然であろうという仰せ」

「も、もっとも」

「ともかく、急《せ》いてはことを仕損じますゆえ、ゆるり、ゆるりと根回し致します」

「し、然り」

「澤村様におかれましては、まず、この話を進めて良いかのみの御許しをいただければと存じます」

「むう」

甚九郎は、困ってしまった。

いつか、自分は藤堂家を出るべきだと考えていた。

将来は辞めてやるぞ、この野郎、とも腹立ちまぎれに思ってもいた。

だが正直、こんなにトントン拍子で話が進んでしまうとは思わなかった——焦るではないか。

「ちょ、ちょっと、待ってはくれぬのか」

「元よりわたしは、澤村様の御意向に背くことはできませぬ。単なる仲人ですからね。気に入らないのであれば、いつお断りになってくださっても良いのです。ただこのような案件は滅多にありません。わたしも手放したくないのです。二百石の案件となれば、わたしの懐にも、たんまり礼金が入りますゆえ——。もし、澤村様のめがないのであれば、他のおサムライを探したい」

「む」

甚九郎は唸って、言った。

「わかった。よい。進めて良い」

「ありがたきお言葉」

「確かめるが、いつ断ってもよいのだな？」

「当たり前でございます。固めの杯が入るまでこのようなご縁はどう転がるかわからないのが必定《ならい》でございます。わたしも、この稼業をはじめて十年を超えている。任せてください」

卯吉は自信満々で言うと、

「ああ、よかった。話をすすめてよいとのお言葉を貰っただけで、今日のわたしの用件はおわりでございます――。一献お付き合いください」

そう言って酒を注文した。

見ると、大川の川沿いを、千鳥のような白い鳥が乱れ飛んでおり、水の上を大小の舟が、さんざん行き交っている。

その酒を呑む。

良い酒だった。

卯吉におかわりを注がれながら、甚九郎は、

（――ちょっと急すぎるな）

と思った。

藤堂家を捨てるということは、安濃津の兄上の家を出ることでもあり、今のお役目を抜けるということでもあるのだ。

軽々には決められまい。

（困ったな。ああ、そうだ。こういうことは小川さんにも相談したほうがいいものかな。いや、小川さんは浪人。あの高麗屋の雰囲気を思い出すに、世界も違う気がする。ヘンな

ことになっては困るかな）

ぐるぐると頭の中で言葉がめぐる。

その横顔を見て、卯吉は、しみじみと言った。

「澤村様――いくらでも、お考え下さい」

「む」

「こういう稼業をしていますとね、実にさまざまなお考えのかた、さまざまな立場のかたとお話をさせていただきます。おサムライにとって、御家を変えるというのは、大変なことですからね」

「いかにもそうだな」

「正しい答えなど、ないのです」

「ふむ」

「一歩踏み出すものもよし、また踏み出さぬもよし――。ですが、たった一度の人生《いのち》です。今の御家にご不満があるのであれば、それを放置してよいのでしょうか。今の時代は昔とは違います。戦は絶え、サムライは他のことで身を立てる方法を模索しなければならない。こんな世で、新しい御立場に踏み出せる機会は少のうございます。せっかくです――まずは、よっくとお考えになられるとよいと思いますよ」

その落ち着いた声を聞いて、気持ちがやや落ち着いた。

卯吉は続ける。

「ただ――本当に、今の藤堂家のお役目、あなたにとって、一生を懸けるに値するものなのでしょうか。本当に、本当に、あなたに相応《ふさわ》しいお役目なのでしょうかね。世の中には、もっと大きな仕事もございます。サムライならば」

「サムライならば」

「そうでございます」

卯吉は、その皺に埋もれた目を何度も瞬かせながら、何度も頷いた。

「ええ、ええ。いつ断っていただいても結構でございますよ。ただ、あたしはこの二百石の仕事、なかなかない良い仕事だと思いますよ。ちょっと、ひとに会ってもらうかもしれませぬ。その点は、どうかご理解いただきますよう」

◇

三日後の上屋敷奥座敷――。

「あたーりー」

という元気な声が周囲に響いている。

上座には、章善院が座っていた。

相変わらず凄い化粧である。

おつきの女衆もまた相変わらず憎にくしい表情で座っているが、前回と違って皆、口を閉じて嫌みは言わぬ。

庭に、襖を置いて的を描いておき、澤村甚九郎は、投げ爪を投げさせられている。

このようなことなんでもないが、的に当たるたびに女たちが、

「きゃあー」

「凄い」

などと騒ぐ嬌声《きょうせい》が、どうにも耳障りだ。

やりながら、なんだ、これ——と思う。

そもそも伊賀の忍術は、かの戦国の昔に国衆が乱世を生き延びるために編み出した必死の術である。そして我が澤村家は、その血脈を継いでいる。

だが、時代が変われば、世情の需《モト》メに応じて技は変化するもの。武術というものは、見世物ではなく、サムライが命を懸けるためのものなのだから当然である。澤村家が時代の変化とともに、古びた忍術ではなく、剣術のほうに軸足を移していったのは必然であるし、それこそが誠意の証《あかし》であると思う。

甚九郎にしても、主人たる姫の身に危険が迫っているとなれば、いくらでも投げ爪も投げよう。それが責務《せめ》であるからだ。

だがこれは、人を殺し、命を奪い、それによって自分と自分の家と誇りを守るための術であるはずだ。このようなところで、女衆の前で披露して、きゃあきゃあと嬌声を浴びせかけられる類《たぐい》のものではない。

なにをやっているのだ——。

だんだんと甚九郎は、どうしようもない虚《むな》しさが胸の中にひろがっていくのを感じた。

ひととおり投げ爪を投げ終わった甚九郎が黙って庭の隅に座ると、

「うむ、見事であったぞ」

と章善院が言った。

おつきの女房どもも、嬉しそうに手を叩いてにこにこしている。

日奈も、縁の上から満足そうに、

「澤村、ありがとう——」

と言ったが、甚九郎は顔色一つ変えずに会釈をしたまま、むっつりとした表情を崩さない。

「——?」

日奈は、少し鼻白んだような顔をしたが、すぐに笑みを浮かべると、上座の正妻を振り返り、

「さて。わたしの手の者の芸をお楽しみいただけましたか」

と聞いた。

「いかにも」

「ですが、章善院様――」

日奈は、いたずらっぽく肩をすくめ、言った。

「実はわたしも、小刀を投げられますのよ」

「えっ」

「以前申しましたとおり、わたしは育ちの悪い、町人の出――」

「いや申し訳ないことを。みどもの女房は、口が悪いのでな。あのあと、ちゃんと叱っておいた。前回の雑言は、許しておくれ」

「いえいえ、本当のことですから」

　日奈はぺろり、と舌を出す。

「でね、章善院様。わたし、日本橋の町娘の頃、よく友達と両国の盛り場に出かけました。両国橋の橋詰は西も東も広場になっておりまして、江戸でも有数の盛り場にございます。あちらこちらに、莚《むしろ》を引き回した見世物小屋がいくつもありましてね。落とし噺から町人向けの安演芸、鳴り物から踊りから、あれやこれやが華やかに客引きをしてございます」

「まあ、楽しそう」

「楽しゅうございます」

「いつか、わたしも行って見たい」

「残念ながら、章善院様が行くような場所じゃァ、ございません。下々のものの、ほんの気休めの場ですからね。ノミやシラミが湧くような場所です」

「ま」

「でも、わたしは大好き」

「ふふふ」

「子供の頃、そこで見た軽業師の小刀使いは素晴らしかった――」

「へえ」

「的に向けて、ひょいひょいと曲芸をしながら小刀を投げますと、これが百発百中。それだけじゃない。最後には子供を立たせて頭に置いた瓜の身に投げつけます」

「凄い」

「ばあやに連れられた小娘だったわたしはこれに憧れ、家に帰って、親に隠れて小刀投げをさんざん稽古した次第」

「姫様――そのばあやはここにいますぞ」

「あ、山本、ごめん。そうでした」

「ほほほほ――面白いわね」

「それで、実はわたし、己丑庵に移ってからも、暇にあかせて、庭で小刀投げの稽古をしたりして遊んでいます。これ、いと、さと、用意して」

そういうと、下女が出てきて襖の前に、小さな瓜の実を置いた。

「ご覧くださいませ」

日奈は立ち上がる。

章善院をはじめ、その場にいた女衆は、みな、固唾《かたず》を呑む。

日奈は、慎重に足場をかためて、ゆっくりと何度も慎重に腕をふり、やがて、用意の小刀を投げる。

小刀は、弧を描いて飛び、瓜の実に、ぶすり、と刺さった。

「うわ！」

「凄い！」

女衆は大喜び。

章善院も満面の笑みである。

「ああ、楽しい。日奈。素晴らしいですよ」

「いえいえ、澤村の玄人《くろうと》芸にはかないません。そして、両国橋の軽業師にもかないません。お転婆娘の手慰みにございます」

「あなたに来てもらってよかったわ」

章善院はしみじみと言う。

「御殿が国元にいるときは、わたしも退屈でね。今日は楽しい思いをさせてもらった。どうかまた、遊びに来ておくれ」

「わたしでよければ喜んで」

日奈は笑って、

「――ですが、ごらんのとおり、がさつな町娘ですから、すべては章善院様の御指導に従わねば立ちゆきません。作法がダメで、せいぜい小刀を投げる程度しかできませんからねえ」

「ふふ」

「どうか、御義母《おかあ》さま、お武家のことをお教え賜り、お引き回しください」

と、そつなく挨拶をする。

場がなごみ、女たちの笑いで包まれる。

日奈はまんまと、そこにいた女衆のすべてを味方につけたようだった。

◇

「澤村――。今日のあの態度は、何？」

己丑庵に帰ると、日奈は怒気を浮かべて言った。

「章善院様とお歴々の前で不機嫌な顔をして。なにさ、失礼じゃないのさ」

「日奈様こそ――」

甚九郎は反論する。

「事前には、章善院様に会うのなど面倒だ、なんでババアのお召しに付き合わなければならないのかと、文句と悪口三昧だったものが、ずいぶんと愛想よくなさったではありませんか」

「仕方ないでしょう？」

そう、胸を張り、打掛を脱がせてもらいながら、

「それが勤めなのだから」

と言った。

「たとえ相手が厚化粧のババアでも、章善院は正妻で、国元に父上がいるときには、この屋敷の主人です――。お召しがあれば伺うわよ。そして、行かねばならないのであれば、精いっぱい愛想でもなんでもふりまきます」

「ずいぶんと、大人ですな」

その不貞腐《ふてくさ》れた言い方に、日奈はますます目を吊りあげた。

「なに、その態度――。あんた、あたしの御守役でしょう。慣れて甘えが出たの？　これが兄上だったら、不始末があれば切腹しなくちゃならないわよ」

「――――」

「しっかりなさい！」

日奈に叱られ、甚九郎は下を向いた。

なんだろう。

むくむくと反抗心が湧いて、言い返したい気分になってきた。

主人に歯向かうなぞ、サムライとしてはあってはならぬことだ。

だが、あれこれと心の奥底に溜まったうっぷんが、耐えきれないほどに大きくなっているのを甚九郎は感じた。

「――嫌《いや》にございました」

「なにが」

「あのような、武芸のなんたるかをわかっておらぬ女どもの前で、澤村家伝来の投げ爪を見せることに、なんの意味がありましょう」

「なにを言うのよ」

「わたしは若き頃より、小川吉右衛門さんが塾頭を勤めた安濃津の岩井左衛門道場にて剣術を極め、努力と修業を重ねて参りました。いつか御家のお役に立ち、しかるべき評価をいただいて出世をできるようにでございます。わたしが必死で努力したのは、こんな江戸屋敷の奥で、女衆に囲まれて、襖などに手裏剣を投げ、きゃあきゃあと喜ばせるためではございません」

「何を言うの」

「これでは、姫様が言うところの両国橋詰の見世物小屋の軽業芸人と変わりませぬ。拙者はサムライだ。サムライとして扱われたい」

「このお勤めは、サムライのものではないっていうの」

「――」

「いい、よく聞きなさいよ」

日奈は言った。

「あたしだってね、こんなところで大名家の姫なんざ、やってたくないわよ。でも、仕方ないでしょう。親は選べないんだから」

「――」

「ひとは、外から来る境遇は選べないでしょうが。だけどね、今ある境遇で、少しでも這い上がろうと努力することはできる。好きも嫌いもない。相手は正妻です。気に入られることも努力のひとつでしょう」

日奈は顔を真っ赤にした。

「あなた、こんな姫の御守役は嫌？」

「――」

「わかったわ。せっかく年の近い御守役が来たので嬉しかったけど、仕方がない。あたしだって、いろいろ愚痴は言うけれど、この御屋敷で生き残るためにできることはやらなくちゃならない立場だ。それにつきあうのが嫌だってンなら、安濃津《おくに》に戻してあげる」

「ちょ、ちょっとそれは」

「なによ。今さら甘ったれたこと言わないでよ。江戸家老の前田内匠頭にあたしから言っておくわ。せいぜいサムライらしく生きるがいいわ」

ぷいっと日奈は後ろを向いた。

その態度を見て、甚九郎は、

（勝手にしろ――）

と思った。

こっちだって、江戸まで来て、こんなじゃじゃ馬のお付きになるなんて、最初から望んでいなかった。

自分はまだ若い。

まだ力を発揮できるはずなのだ。

しかるべき場所さえあれば。

◇

「ふうむ――」

甚九郎の話を聞きながら、卯吉は思慮深く考えるようにして何度も頷いた。

この日、ふたりが会っていたのは、湯島天神《ゆしまてんじん》下の小さな飲み屋だった。甚九郎が昼間はお役目があって屋敷を出られないというので、三度目の会合は夜の酒場となったのだ。両側に料理屋が立ち並ぶ男坂《おとこざか》下の路地である。

「なるほど、そんなことがあったのですか」

卯吉は、付け合わせの茄子《なす》の揚げ浸しを口に入れ、静かに言った。

「――あたしに言わせれば、藤堂家は馬鹿ですな」

「そう思うか」

「もちろんです」

と、卯吉は、酒を勧めながら、静かな声で言った。

「あなたのような他ならぬ技をお持ちのサムライを、脇腹の姫の御守役などで下働きさせている――。もっと藩政のお役に立つ役目もあるでしょうに」

「いかにも」

「そもそも、あたしが重役なら、そんな女衆の派閥争いに人員を割きません。御家内に伊賀十五家というひとびとがいるのなら、冷や飯などは食わせずに、その力をうまく活用しようと考えるでしょう」

「そうか」

「あたしは仕事柄、さまざまな大名家の内情に通じている。どの家も力量に優れたものは喉から手が出るほどに欲しいのだ。だが、そのようなものはなかなかおらぬ。浪人どもを取り立てようにも、川向うあたりで沈没しているような連中は、心が荒んで、無頼の者が多く、なかなか人柄のしっかりしたものはいない」

「――――」

「澤村さん――あなたはその滅多にいないひとなのだ。目のあるものならば、そのことに気付くことでしょう。あたしなら、あなた様を裏表に充分に使って、藩政を左右するようなお役目に取り立てるでしょう」

「そうだな」

話を聞いて、甚九郎はどこか救われたような気持ちになった。

視野が広がったような気がする。

目の前の杯を干し、格子窓の外の男坂を登っていく老人の後ろ姿を見た。

この坂道を登ると、不忍池《しのばずのいけ》を一望できるのだ。

江戸だな、と改めて甚九郎は思った。

ここは、何かと狭苦しい故郷ではない。

江戸なのだ。

さまざまな人間がいて、さまざまな価値観《ものさし》がある。

そんな甚九郎の顔を見上げるようにして、卯吉は、

「で、――この前の話ですがね」

と、話を変えた。

「おう、どうなった？」

「その話なのですが」

卯吉は眉根《まゆね》を曇らせる。

その表情を見て、甚九郎は少し不安になる。

「話は進んでいますが、二百石というのは大きすぎると――」

「あ、ああ」

「百石ではどうかと言ってきました」

「な、なんだ、そんなことか」

破談になったのかと思った。

二百石は惜しいが、百石だって、甚九郎にすれば充分な高禄である。

「全然かまわない」

「ありがたい――。ふうむ。そうですな。今日は思い切って、あなた様に藩名を打ち明けようかと思います。よろしいか」

「もちろんだ」

「とは言っても、まだ微妙なところですから、どうか御内密に――」

「心得た」

「窓口になっているのは、羽州《うしゅう》葉室《はむろ》藩重役で側用人の、久保《くぼ》左衛門《さえもん》幸隆《ゆきたか》様でございます」

「ふむ――葉室藩」

「石高、三万――悪くないとおもいませぬか。外様ではありますが、羽州の豊かな藩でありますよ」

「いや、うむ。そうか」

頭の中がぐるぐる回るが、どんな藩なのか思い出せぬ。

ただ、三万石となれば立派な大名である。

「久保様のいうことには、まずは正式な藩士としてのお披露目《ひろめ》はせず、御殿直属の御傍衆にて秘密裏に百石――。その働きを一年ほど見て、しかるべきときにお披露目をし、正式に二百石にて取り立てるということ。ただ、御殿のお役目を成すために最初から十人の組下をつけるといいます」

「す、凄い」

「いかにも――。ですが、さすがにここまでのお話になると、首実検《くびじっけん》をせずにいきなりお召しになるというわけにはいきませぬ」

「いかにも」

「久保左衛門様に会っていただけますか」

「会うさ。会うとも」

甚九郎は、必死で頷いた。

金もそうだが、御殿直属の御傍衆というところは気に入った。

藤堂では、御殿のまわりは重役衆で固められており、甚九郎のような下っ端には到底姿が見えない。重要なことはすべて、自分の知らないところで決められてしまう。

せっかくサムライとして生まれ、修業を重ねてきたのであれば、御家を動かす仕事をしたい。

金じゃ、ない。

金じゃないのだ。

◇

その男が待っていたのは、池之端《いけのはた》の瀟洒な料亭だった。

南に行けば下谷広小路《ひろこうじ》の繁華街、北へ行けば根津権現《ねづごんげん》の岡場所――。

ふたつの繁華街に挟まれたこのあたりは忍ヶ岡《しのぶがおか》と呼ばれ、ふと、賑わいから抜け落ちたような閑静な屋敷街である。

小さな門があり、そこに上品な藍の暖簾がかかっていた。

羽織袴に大小を整えた澤村甚九郎が玄関で名乗ると、すぐに女将らしき女があらわれて、

「承っております――」

と、長い廊下を進んだ先のひときわ大きな離れに案内した。

すると行灯を四つも入れた明るい部屋に、恰幅のいい、いかにも身分が高そうなサムライが待っていた。

脇には、笠屋の卯吉が、小柄な体を、さらに縮めるようにして控えている。

「津藩、澤村甚九郎にございます」

甚九郎が頭を下げると、男は、

「うむ。久保左衛門である」

と名乗った。

つるりと広い額が張り出し、くぼんだ目はくりくりと大きく、唇が厚い。精力的な印象のサムライであった。

「お手前の話は、この笠屋卯吉から伺っておる。お家柄、今の津藩でのお役目、そして俸禄もな——」

といって、

「まず、一献」

と杯を勧める。

甚九郎はそれを受け、ぐっと呑んだ。

「さて——」

久保左衛門幸隆は、満足げに頷くと、卯吉を睨んだ。

「外してもらおうか」

「へえ」

卯吉は頷くと、腰をかがめ、部屋を出て行く。

後に残されたのは、大柄な側用人と甚九郎のみである。

ちりり、と灯心が焦げる音がして、行灯の火が揺れた。照らされた久保の大きな目が、うるんだように灯に揺れていた。

久保は、卯吉の足音が遠ざかると、急に蔑むような目つきになり、こう言った。

「大枠は、聞いておる――。だが、あのような仲人業者《もの》は、手付欲しさに、調子いいことばかりを吐きよるゆえ、話は半分に聞いておる。わかるかな」

「は――」

「何を、どこまで聞いておる？　あの者に？」

「貴藩にて人材を求めておると」

「ふうむ。あとは」

「お役目は御側衆にて、はじめ百石、成果が出れば二百石で召し抱えると」

「ふむ、ふむ」

久保は頷きながら、舐めるようにして甚九郎の顔を見た。

「大枠は間違っておらぬな」

「ほっとしました」

「貴殿は、御藩の扱いに不満があると？」

「いえ、不満ではござらん――。ただ、我が家は小禄にて、今後も増える見込みはございません。しかも私は次男の立場。このままではサムライとして立ち行きませぬ。サムライとして、どこかでちゃんと一人前にならねば」

「腕に自信があるとみた」

「いささか」

「忍者だそうだな」

「それは――そのような古びた技を使う者など、今はおりません。投げ爪程度は投げますが、あとは剣術でございます。伊勢の新陰流を修めましてございます」

「お役目上、まずは影の役割であり表には出ぬ。わしのもとで一、二年。しかるのちに正式のお披露目となるわけだが、そのことは聞いておるのか」

「聞いております」

「それでよいのか」

「ようございます」

「俸禄はあっても、表に出ず、まずはわしの下に付くのみであるぞ」

「――それにしても、このような機会は滅多にあるまいと思います」

「それはそうだな」

久保は酒を舐めながら、

「貴殿の腕を見たい」

と言った。

「いかようにに」

「ふうむ」

久保はぎろり、と甚九郎の目を見ると、唸るようにして腕を組んで、考えた。

そして、深く息をすると、試すようにこういった。

「五日後の戌の刻——浪人どもに守らせた娘駕籠を、根岸《ねぎし》から金杉《かなすぎ》に向けて歩かせる。娘駕籠の中には、娘人形を入れておく。この首を獲って見せろ」

「——なんと」

「貴様の投げ爪が、本当に実戦で使えるものか見たい。浪人どもは卯吉を高麗屋にやって派遣《くちいれ》で用意させる。いずれも屈強のものどもを選ぼう。奴らには人形を守りおおせたら足軽格の中間として取り立てると言っておく。奴ら、目の色を変えるだろうよ。どのようなやり方でも構わぬ。守りを破って、駕籠の中の人形に刀を突き立てよ。それができれば貴様の勝ちだ」

「む」

「卯吉が何を言ったかはわからぬ。だが、我が方にとっても、百石取りをひとり雇うということは大きなことなのだ。これぐらいは覚悟するのだな」

その口元をじっと見ている甚九郎を見て、久保は言う。

「不満か」

「いえ——」

「それでも、今のこの世で、このような話はあるまい？」

「いかにも。これも何かのご縁にございます」

「その通りだな――。ひとの一生には、何度か、勝負しなければならないときがあるものよ。違うかな？」

「畏れながら、その通りでございます」

「百石、二百石といったサムライともなれば、世間の格は一段あがる。見るもの、聞くもの、すべてが変わってこよう。禄が欲しくば働くときだ。違うかな？」

「はい」

「わが御家の家紋は、『五階菱《ごかいびし》』である。提灯と娘駕籠にはその家紋がある。わかったな」

「わかりましてございます」

「言うまでもなく、他言は無用。これを知っているのは、わしと、卯吉だけだ」

「承知いたしました」

　甚九郎の腹の中に、燃えるような熱いものが湧き上がってくるのがわかった。

　江戸に来て、いや、安濃津にいるときを含めても、こんなに熱い気持ちになったことなど、何度もない。岩井道場で、免許をもらうための立ち斬りに挑んだ時。御殿の前で演武を披露した時――いや、いずれもちがう。

　だが、これは勝負の時だ。

　サムライとして、勝負の時である。

◇

あっという間に五日後がやってきた。

その日も己丑庵でお勤めがあった甚九郎は、喧嘩中の日奈から呼ばれることもなく、狭い控えに待機したまま、一日座っていた。

（勝手にしろ――）

甚九郎は思った。

（今はもっと、やるべきことがあるんだ）

夕方七つ半（午後五時ごろ）の鐘で、己丑庵を退去すると、屋敷内の長い路地を歩いて長屋に戻った。

てきぱきと湯を沸かし、湯漬けを認《したた》めて腹ごしらえをしたあと、しっかり四半刻は床に臥《ふ》し、腹ごなしをした。

投げ爪を磨いて襟裏《えりうら》に仕込み、刀は機能的な小ぶりのものを用意して、足元を編み上げて動きやすくする。

武士となれば普段は草履であるが、あえて編み上げの草鞋を用意した。

そして、すっかり日が暮れて暗くなった屋敷を出て、声もなく北へ向かった。

末広町《すえひろちょう》から黒門町《くろもんちょう》へ。

人通りの絶えた広小路と山下を横切り、奥州往還《おうしゅうおうかん》を根岸に入る。

道を左手《ゆんで》に折れると、根岸の森であった。

鬱蒼《うっそう》と立ちならぶ木々の間の、月明かりに隠れた茂みに、甚九郎は身を潜めた。

（そろそろ五つ〈午後八時ごろ〉だ――）

甚九郎は考えた。

昼はそれなりに人通りがある音無《おとなし》川沿いの道だが、今はすっかり人通りが絶えている。

しばらく待っていると。

（来た――）

三河島の方向から、屈強な男たちに守られた娘駕籠がやってきた。

目を細めて見る。

先を行く小者が持つ提灯には、五階菱の家紋がある。

これだ。

（いきなり投げ爪を投げるべきか。それともまずは対峙するべきか）

甚九郎は迷ったが、これが腕試しであり、目付に見られているのであれば、少しでも卑怯な真似をするべきではない。

（堂々と名を名乗ったうえで、投げ爪を使おう――）

そう決心すると、甚九郎は、木の影から行列の前に出て、

「待たれい、待たれーいッ！」

といって道を塞いだ。

「何者ッ」

サムライどもが誰何《すいか》してくる。

提灯を掲げられた眩しさで見えないが、浪人どもはそれぞれ刀に手をかけて身構えているようだ。

「——澤村甚九郎、その駕籠の中身をいただくぞッ」

投げ爪を取り出して身構え、今こそ投げつけんと、すり足で前に進んだ。

対峙の緊迫が、一瞬にしてあたりに充満した。

静かである。

すると、その時。

浪人どもの背後から、

「はっ、はっ、はっ、は！」

と高笑いが聞こえ、

「甚九郎ではないか。何をやっているのだ。馬鹿はやめろ、やめろ、ははは」

と進み出てきた者がいる。

（誰？）

目を細めて見ると、それは小川吉右衛門であった。

相変わらず、人の良さそうな顔に満面の笑みをうかべている。

ずかずかと進み出てきて、唖然とする甚九郎に、がっと抱きついた。

サムライたちは、刀の柄に手を置いたまま、怪訝顔でその姿を見ている。

「なんだ甚九郎、酔っておるのか。しょうがいない奴だ。皆の衆、この者、拙者の朋友でござる。騒がせて申し訳ないが、心配はいらぬ。拙者が相手をする故、御手前どもは先を急がれよ！」

大声でそう言い、甚九郎に抱き着いたまま耳元で、

「動くなッ」

と鋭く言った。

「危ないぞ。このまま笑え。おお、吉右衛門殿、などと言うのだッ」

そう言いながら、大声で、

「はっはっは。酒臭いぞ。こんなところで呑んでいたのか」

と叫びながら、甚九郎を草むらに押し倒してしまう。

「小川さん、離してください。わたしは駕籠を」

甚九郎は、必死で言った。

「しっ」

小川は甚九郎の口を押さえ、小声で問う。

「駕籠を、どうするのだ」

「奪わねばならぬのです」

「なぜだ――あの中には、溝口《みぞぐち》家の姫君が乗っているのだぞ」

「えッ」

「投げ爪など投げて見ろ、罪のない姫の命を奪うことになる」

揉みあっていると、駕籠脇に立った、陣笠姿のサムライが、怪訝顔で、

「進め！」

と指示し、行列はその場を抜けて、南へ向かった――。

◇

わけがわからぬまま、甚九郎は半刻後、神田松枝町の小川吉右衛門の長屋に連れて来られた。

「――数日前、日奈姫から手紙をもらったのだ」

酒の用意をしながら、小川は言った。

「貴様の様子が変だ、となǝ」

「変だと？」

「うむ。心ここにあらずの様子で、お役目にも力が入っていない。澤村らしくもない。何かあったのかと。そこで俺は大高殿に連絡《つなぎ》をつけ、心当たりがないか聞いてみた」

「大高様にも」

「うむ……。大高殿は、おそらく江戸病であろうと言っておったよ——」

「江戸病——」

「初めて江戸に出てきた若いサムライによくあるのだ。故郷《くに》から見たこともないような大きな町に出てきて、聞いたこともない話を見聞きして、気負いや焦りや、さまざまなことで自分を見失うことがな」

「自分を見失ってなど、おりませぬ」

「そうかな——？」

小川吉右衛門は、じっと甚九郎の目を覗き込むようにした。

「なぜ、あのようなことをしたのだ？　あの行列は、越後新発田《しばた》藩溝口家の行列だぞ」

「えっ」

「しかも、次期藩主の隠し娘の行列だ」

「なんと——葉室藩ではなく？」

「葉室藩？　なんだそれは。聞いたこともないぞ」

小川の言葉に、甚九郎は、目を瞠《みひら》いた。

「なぜ、あのようなことをしたのだ。津藩の藩士が、新発田藩の藩主の隠し娘を傷つけたりしたら、どのようなことになったか」

小川は聞く。

「聞かせよ」

甚九郎は話した。

ここまでの経緯。

笠屋の卯吉の話、忍ヶ岡で会った葉室藩の側用人の話――。

小川吉右衛門は、じっと話を聞いていたが、話が終わるとしばし瞑目《めいもく》して、言った。

「まずは、よかった。俺が間に合って」

「なんと」

「おまえは、騙されていたのだ」

小川は言った。

「この江戸には、天下の二百余候の大名家、五百からの旗本や御家人の武家屋敷が立ち並び、それぞれ政事周旋事に勤しんでおる。だから、そこに入り込んで暗躍する怪しき者どもが、あちこちに蠢《うごめ》いておる」

　そう言って、酒をぐっと呑む。

「よく思い出せ。最初に卯吉とやらに会ったのはどのような時だった？」

「神田の夜でございました」

「昼には、川向うの高麗屋を覗いたと言ったな」

「はい」

「貴様は、そこで目をつけられたのだ」

「そんなわけは」

「いや、そうだよ」

　小川は肩を鳴らしながら言った。

「あの高麗屋というのは、あれでなかなか信用できる店なのだ。以前説明した通りだよ。主人は元サムライで、たまたま縁があって高麗屋の身上《しんしょう》を継いだ。自ら浪人の苦労を舐めつくした主人は、この江戸に巣くう貧しい浪人どもの役に立ちたいと、商売をサムライ斡旋に絞った。普通の口入屋は女中や普請奉公などを手配するものだが、高麗屋は警護や中間、用心棒など、サムライにふさわしい仕事を探してきて手配する。今では、この江戸に巣くう貧しい浪人どもの駆け込み寺のようになっている」

「はあ」

「場所は地代の安い川向うだし、場所もよくない。集まっている連中も貧乏をこじらせたような連中だ。だが見た目で判断してはならぬ。誠意と言うものは外見には出ぬものだ。むしろこの世は、弁舌爽やかな、もっともな話にこそ注意が必要なのだ――。貴様は、あの店を覗いた。そして、すぐに出てしまった。外見だけで判断して話も聞こうとしなかったのだろう。それで、その場にいた怪しいものに目をつけられたのだ。推測に過ぎぬがな。だが、そう思う」

「――」

「おそらく、笠屋の卯吉とやらは、新発田藩溝口家の裏仕事をする連中に頼まれて、殿の隠し娘を襲うためのサムライを探していた。しかし、なかなか適当なものがおらぬ。そこに貴様が現れた。ひとかどのサムライのようだし、身ぎれいで、なかなかの剣客と見た。しかも若い。使えるのではないか？　――そして、すぐに後をつけてみた」

「いえ、卯吉は、最初からわたしを知っておりました」

「なんとでもなる。おまえが和泉橋の藤堂屋敷に入った姿を見たら、そのあたりで聞きこめばいいのだ。それに、次に会ったのは三日後だと言ったな」

「いかにも」

「三日あれば、貴様がどのような者なのかなど、すぐに調べられるわ。大名があなたの実力を密かに評価している、今の仕事に不満があればこの仕事をしないか、などと吹きこめば軽く騙せると思ったのではないか？　――奴は本当に、初日から貴様の名前を呼んだのか？　二回目からではないのか？　よく思い出せ」

　それを聞き、澤村甚九郎は、どっと全身に汗をかいた。

　思い出せない。

　だが、騙された？　俺は、騙されたのか？

「そ、そんな……」

　沈黙の後、弱よわしく、甚九郎は言った。

　それを受け、小川吉右衛門は言った。

「日奈様からの手紙をうけ、嫌な予感がしたよ。貴様に高麗屋の話をしたことを思い出し、高麗屋にも行ってみた。これこれこういうサムライは来なかったかと聞くと、主人はうろ覚えではあったが貴様のことを覚えていた。そして茶飲み話に、こんな話をしてくれた。怪しい連中が人殺しをできるサムライを探している噂があると。俺はすぐ、世間知らずのお前が巻き込まれていなければいいがと思った」

「世間知らずとは」

「世間知らずではないか」

　小川は言う。

「津藩三十二万石の禄を食みながら、文句ばかりを言っている。恵まれているのに不満だらけで、自分の心底《しんてい》に密かな自信を隠し持っている若者など、如何様《いかさま》を生業《なりわい》にする奴らにとっては赤子の手をひねるようなものだよ」

　ぐっ、と甚九郎は黙った。

「その者どもが、貴様に子供を襲わせ、その罪を背負わせようとした——。お前、あやうく闇に落ちるところだったのだぞ」

「闇」

「俺は貴様が、誰かと密かに会っていることを摑んだ。これではないかと思った。直接聞いても素直に話してはくれぬのではと思い、まずは尾行させてもらうことにした。だがそれも昨日今日のことだよ。埒があかなければ、問《と》い糺《ただ》すつもりでおったのだ。——ともかく、間に合ってよかった」

　嘘？　全部嘘だったのか？

　小川は、自ら杯を呷《あお》り、押さえつけるように言った。

「甚九郎。なぜ、こんな怪しい話に乗ったのだ？　いかに奴らが巧妙だとしても、軽率ではないか」

「軽率」

「そうだ。察するに、その卯吉とやらにうまいことを言われたのだろう。ある大名が、貴殿の力を高く評価している。今のお家でのお役目は、あなたほどのサムライにとっては、役不足ではないのか、若いのだからもっと大きな仕事に取り組むべきだ——などと」

ああ、そのとおりだ。

「――――」

甚九郎は、こぶしを握り締めてじっと下を見た。

でも――まさか？

そうだったのか？

卯吉の言ったあの評価は全部出まかせで、言葉はみな、嘘であったのか？

俺は、騙されていたのか？

馬鹿みたいだ。

馬鹿みたいじゃないか。

頭の中はぐるぐると回り、そうしているうちに悔しさと恥ずかしさが、ないまぜになって湧き上がってきて、たまらない気持ちになった。

甚九郎の目に、みるみる涙があふれてくる。

小川は、じっとそれを見ていた。

重苦しい沈黙が、狭い四畳半を包む。

やがて甚九郎は、奥歯を嚙みしめて、

「軽率――。軽率、でしょうか」

と、絞るように言った。

「サムライとして生まれて、たった一度のこの人生《いのち》を、誰の力も借りずに、なんとかひとりで立ち行かせたいと悩み、行動を起こすことが、そんなに軽率でしょうか。より高く働きを認めてくれる御家があると言うのならば、そちらに行きたいと思うことが、いけないことでしょうか」

「む」

「澤村の家は貧しい。だから岩井道場で剣術を学んで切紙にまで進んだのです。なんとかしなければと必死でした。今回の江戸出府もそうです。家の事情で駆り出されました。折角なら在府のうちに、なんとか明日を摑みたいと思っておったのです」

「うむ」

「澤村家は伊賀衆なんだ。いつまでも浮かばれない。浮かばれないまま年をとって死ぬなんて嫌だ。小川さん、あなたはわたしに、一生下に見られて、屋敷で百姓仕事をしたり、梅干しを漬けたりしながら、重役に媚《こ》びへつらって生きろと言うのですか。滅多にない好機に賭けようとしたわたしを、軽率だったとお思いですか？」

その言葉をじっと聞いていた小川は、腕を組み、言った。

「ふうむ。まず、呑むがよい」

ぐすり、と涙に鼻を鳴らしながら、器《からわけ》を手にした甚九郎をなぐさめるように、小川は言った。

「よく聞け――。いいか、頑張るのは構わない。よい養子口を探すこともいいことさ。だが、慎重にやれと、そう言っているのだ。自分を見誤るな。なぜなら」

「なぜなら？」

「一度、元服し、世に出た男は、必ず勝たねばならぬからだ」

「必ず、だ」

「そんなことは、ありえません」

「それでも、だ。男は、必ず勝たねばならない」

　小川は酒でわずかに口を湿らして続ける。

「――およそ世に出て、負けてもいいなどと言うものは、坊主と文人墨客だけだ。坊主は負ければ人の気持ちがわかり、ひとの助けになるだろう。文人墨客は、そこから新しい創意を得て、新しき絵を描いたり、新しき句を生み出すかもしれぬ。だが」

　手にした器を口にもやらず、甚九郎は聞いている。

「この世に出て、まっとうに働く男は、必ず、勝たねばならぬ。なぜなら、負ければ、てめえのしくじりが、周囲の人を巻き込むことになるからだ。男というものは、どんなちっぽけな男でも、負ければ、周囲に面倒や苦しみを与える。勝てば、女や子供や朋友に安らぎと幸せを与える。だから、大人の男は、なんとしても勝たねばならぬ。勝つという責務《せめ》があるのだ」

「勝つ責務」

「悪く言われようが、陰口を叩かれようが、ひとたび世に出たからには、勝たねばならぬ。いい人だと褒められながら負け続ける男より、陰口を叩かれながらも勝ち続ける男のほうが、よほどに立派だ。武家だろうが、商家だろうが、職人だろうが、大名だって、漁師や百姓だって、どんな立場であっても、大人の男というものは、それぞれの世界で勝つことが求められる。負けてもいいというのは、子供の世界の言葉だ。そして、貴様はもう、子供ではない」

「――――」

「なんだ、その目は」

小川の目は笑っている。

「ははーん、おまえが言うんじゃないよと思っているな？」

「そんなことは、ありません」

「はっはっは、いいさ、いいさ。そう思って当然だ」

小川は、快活に肩を揺らして、

「今の俺は、確かに負け犬だよなぁ。――主家はないし、家族もいないし、貧乏をこじらせてこんな長屋に巣くっている。高麗屋のようなぼろぼろの口入屋に出入りして、同じような境遇の浪人どもとつるんで愚痴を言い合ったり、ときどきは落ちこんで、深酒したりもする。剣術の試合に負け、女にはふられ、仕事だって、傘張りだもんなあ。絵に描いたような落ちぶれようだよ。だがな、甚九郎。困ったことに俺は、まったくもって諦めていないのだ。貴様から見れば、笑ってしまうかもしれないが、いつだって心の奥底では『今に見ていろ、コノヤロー』と思っている」

　と笑った。

「そうさ。こんな俺でも、まだ、勝つという男の責務《せめ》を忘れちゃいないさ」

　と、改めて酒を呑む。

「――だが、本当のことをいうと、これは俺だけじゃない。およそこの世の男というものは馬鹿ばかりでな。どいつもこいつも、同じようなものなのさ。あの高麗屋にいたぼろぼろ浪人どももも、そのあたりで荷車を押している中年男も、腰の曲がったじじいだって、どんな境遇になろうが男って奴は、必ず心の奥底でこう思っている。『今に見ていろ、次での一手で、世間の奴らに、目に物を見せてやるぞ』ってな。――で、一発逆転を狙って、わざわざ谷中の天王寺まで行って、富くじを買ったりする。どうしようもねえな。だが、いいじゃねえか。その心ある限り、そいつは、腰抜けでも敗者でもないのさ」

「敗者ではない」

「そうさ。本当に、明日、一発逆転するかもしれねえじゃないか。そいつは死ぬまでわからない。いいか、俺のような浪人を、外見で見るな。男は心意気だ。今に見ていろという気持ちがあるかぎり、明日は来るのだ。いい若い者が、ふざけた奴らに騙されたぐらいで、めそめそしているんじゃねえよ。明日、勝ちゃいいだろうが」

甚九郎は、小川の顔を、じっと見ている。

「そして、勝つために、自分をちゃんとわかっておけ。見ず知らずの他人に、酒の席なんかで褒められたり、会ったばかりの人間に、あんたはたいしたもんだとか、もっともっとやれるはずだ、とか言われて、軽々しく自分を見失うんじゃねえよ」

「は」

「今、貴様は、藤堂三十二万石の家臣。その身分はそんなに軽いものか？　澤村家という、しっかりした実家もある。立派なもんじゃないか。そこのところをわかっていれば、ちゃんとした藩士にするのは先だが、まずは密かに取り立てて、将来、俸禄を増やしてやるぞ、などというあやふやな口約束に乗ることはあるまい」

「はあ」

「勝負の時は、放っておいてもやって来るのさ。そのときに勝てるように、本当の自分をわかっておけ。思い上がりは危ないが、卑屈になるほどのもんでもないはずだ。そうだろう？　なあ、甚九郎――」

「はい」

「日奈姫は、そんな駄目な主人かね？」

「いえ」

「そうだよな。俺には素晴らしい主人に思える。脇腹で、閨閥において力がない？　口うるさい小娘だ？　だからなんだ？　いいじゃないか。それに仕えるのは、立派な貴様のお役目だ。他人になんと言われようが構うな。卯吉ごとき怪しい奴らに『くだらない仕事だ』などと言われようが、関係あるもんか。うるせえ、それが俺の仕事だよと蹴っ飛ばせ。本当に勝つために、今、その手にあるものを軽々に捨てるのではない。泣いたり笑ったり、ムカついたり、嫌われたり、ため息をついたり――そんなこたぁ、どこにいたって変わらねえ。生きているなら当たり前のこった。笑い飛ばせ」

　小川はそう言うと、ぐーっと、酒を呑みほした。

「自分《てめえ》のことはてめえで決めていいんだ。だが」

「だが」

「必ず、勝て。負けてもいいのだと最初から言い訳をするな。つまらねえ奴らの言葉に乗せられて、負け戦に出るな。勝つんだ、必ず」

「――必ず」

「そうだ。それでもなお、負けてしまったのかもしれないと思えば、明日勝て。困ったもんで、明日って奴は必ずやって来る。今日が雨でも、明日は晴れるかもしれねえ。そうだろう？」

◇

数日後の己丑庵。

中庭に、大きな背負い紐をつけた籠が置いてある。

その周りを、大高左衛門が、

「なんだ、なんだ。澤村、何をやろうとしているのだ」

とそわそわと歩き回っている。

「大高様――このこと、どうか御内密に」

澤村甚九郎は、足元を固め、短い刀を腰にさして用意していた。

「姫様からの御命令にございます」

甚九郎は、小川吉右衛門からたっぷりと説教を受けた翌日、己丑庵に出仕した。

そして、山本が席をはずした時を見計らって日奈の前に進み出、頭を下げた。

「姫様が、小川さんに手紙を出してくださったおかげで、道を踏み外さずに済みました。申し訳ございませんでした」

そして、かいつまんで経緯を話し、いかなる処分も受けると申し出た。

実際、市井の怪しきものどもに唆《そそのか》されて、新発田藩の姫君の暗殺未遂事件をおこすなぞ、腹を切っても済まぬ不手際である。

表沙汰になれば、――の話だが。

覚悟を決めて頭を下げる甚九郎の顔を、日奈はじっと見ていたが、やがて、吐き捨てるように言った。

「いいわよ。そもそもが、あたしだって大名の姫君としちゃァ落第のお転婆《てんば》だ。今さらあんたがサムライを落第したって、だからどうしたってもんだよ。誰にも言わないよ」

「――」

「だけどね、むかつく！」

日奈は言った。

「あんたに腹を切って欲しいわけでもないし、安濃津《くに》に送り返したいわけじゃない。傍《そば》にいていいわよ。またあたしと花札で勝負しなさい。だけど、むかつく！　どうしたらいいの、この気持ち。むかつくわよ！　きぃぃぃぃ！」

「……どうすればいいのでしょう」

日奈は、しばらく黙っていたが、口をとがらせて言った。

「澤村――。あたしが今、一番やりたいことはなんだ」

「はあ。江戸の町歩きかと」

「それだけか」

「あ、あ。あと、芝居町で歌舞伎の番組《だしもの》が見たいと」

「それじゃ」

日奈は不機嫌そうに扇を打ち振り、

「あたしに、三津五郎の輝国《てるくに》判官《ほうがん》を見せろ。それで水に流してやる」

と言った。

それで甚九郎は、堺町の都座の番組を調べ、桟敷とはいかないまでも、町人のうちでも上の者どもが座る升席を確保した。

今日は、その日なのである。

日奈は外出を憚る身――。いつかのように籠で担いで、甚九郎が和泉橋の向こうまで運ぶ目論見である。

やがて、町娘の粗服《あらふく》に着替えた日奈が、嬉しそうに己丑庵から出てきた。

横には、苦虫をかみつぶしたような、山本の顔――。

「どのような経緯があったのかはわかりませぬが、またも、このようなことを。くれぐれも、お屋敷の者には露見《ばれ》ないようにしてくださいよ。澤村さん、あなた、お嬢様の御身に何かがあれば、ただでは済みませんからね。責任を持って御守りくださいませ」

「は――命に代えましても」

甚三郎は、頭を下げる。

憮然《ぶぜん》とする山本と、あわてている大高を横目に、

「頼むわよ」

と、にこにこ顔の日奈が籠に入る。

「御免――」

甚九郎は、籠のふたを閉じ、紐《ひも》で閉じると、えいっ、と担いだ。

（うっ――）

前回と同様、とても重い。

人ひとり担ぐわけだから、当然だろうが、それにしても重い。

「むっ。くっ」

唸りながら、よろよろと、甚九郎は屋敷の中を和泉橋に一番近い正門に向けて歩き始めた。

繰り返しになるが藤堂家上屋敷は一万五千坪――町人の住む町が、まるごと入ってしまう大きさである。

その広い屋敷内を、甚九郎が、重い籠を担いでよろよろと歩いていく。

行き来する下男や女衆、サムライたちも怪訝な顔で甚九郎の様子を見ている。

汗を流し、息を切らせて歩きながら、甚九郎は思った。

(そうだ——そういうことなのだ)

きっと、もともと、ひとは、泣いたり、笑ったり、嫌われたり、ため息をついたり、愚痴を言ったり——、でも一方で、いつの間にか誰かの役に立ち、必要とされている。

それが、今その場所で、自分がやるべき役目。

外からどんなにくだらなく見えようと関係ない。

ただそこにいることだって、立派な仕事かもしれないではないか。

すると、正面から、公用なのか立派な羽織袴に立派な拵えの大小を手挟んだ相楽監物と、取り巻きのサムライたちがやってきた。

「おう、なんだ、澤村甚九郎」

「大きな荷物を背負いおって——」

「町人どもに習って、行商にでも行くのかな?」

などと、からかうような声をあげる。

澤村甚九郎は、その声と嘲笑を正面から受け止めるようにして胸を張り、こう言った。

「いえ、お役目でございます」

そうだ。

これはお役目だ。

俺の、立派なお役目だ。

この作品は書き下ろしです。

中公文庫

青《あお》二《に》才《さい》で候《そうろう》

2022年12月25日　初版発行

著　者　吉《よし》森《もり》大《だい》祐《すけ》

発行者　安部順一

発行所　中央公論新社
〒100-8152　東京都千代田区大手町1-7-1
電話　販売 03-5299-1730　編集 03-5299-1890
URL https://www.chuko.co.jp/

DTP　嵐下英治
印　刷　三晃印刷
製　本　小泉製本

Published by CHUOKORON-SHINSHA, INC.
Printed in Japan　ISBN978-4-12-207301-2 C1193

定価はカバーに表示してあります。落丁本・乱丁本はお手数ですが小社販売部宛お送り下さい。送料小社負担にてお取り替えいたします。

中公文庫既刊より

各書目の下段の数字はISBNコードです。978-4-12が省略してあります。

あ-59-4
一路（上）　浅田次郎
父の死により江戸から国元に帰参した小野寺一路は、参勤道中御供頭のお役目を仰せつかる。家伝の行軍録を唯一の手がかりに、いざ江戸見参の道中へ！
206100-2

あ-59-5
一路（下）　浅田次郎
蒔坂左京大夫一行の前に、中山道の難所、御家乗っ取りの企てなど難題が降りかかる。果たして、行列は期日通りに江戸へ到着できるのか——。〈解説〉檀　ふみ
206101-9

あ-59-7
新装版 お腹召しませ　浅田次郎
幕末期、変革の波に翻弄される武士の悲哀を描く傑作時代短編集。書き下ろしエッセイを特別収録。司馬遼太郎賞・中央公論文芸賞受賞作。〈解説〉橋本五郎
206916-9

あ-59-8
新装版 五郎治殿御始末　浅田次郎
武士という職業が消えた明治維新期、行き場を失った老武士が下した、己の身の始末とは。表題作ほか全六篇に書き下ろしエッセイを収録。〈解説〉磯田道史
207054-7

う-28-8
新装版 御免状始末 闕所物奉行 裏帳合㈠　上田秀人
遊郭打ち壊し事件を発端に水戸藩の思惑と幕府の陰謀が渦巻く中を、著者史上最もダークな主人公・榊扇太郎が剣を振るい、謎を解く！　待望の新装版。
206438-6

う-28-9
新装版 蛮社始末 闕所物奉行 裏帳合㈡　上田秀人
榊扇太郎は闕所となった蘭方医、高野長英の屋敷から、倒幕計画を示す書付を発見する。鳥居耀蔵の陰謀と幕府の思惑の狭間で真相究明に乗り出すが……。
206461-4

う-28-10
新装版 赤猫始末 闕所物奉行 裏帳合㈢　上田秀人
武家屋敷連続焼失事件を検分した扇太郎は改易された出火元の隠し財産に驚愕。闕所の処分に大目付が介入、大御所死後を見据えた権力争いに巻き込まれる。
206486-7

う-28-11
新装版 旗本始末 闕所物奉行 裏帳合㈣
上田秀人

失踪した旗本の行方を追う扇太郎は借金の形に娘を売る旗本が増えていることを知る。人身売買禁止を逆手にとり吉原乗っ取りを企む勢力との戦いが始まる。

206491-1

う-28-12
新装版 娘始末 闕所物奉行 裏帳合㈤
上田秀人

借金の形に売られた旗本の娘が自害。扇太郎の預かりの身となった元遊女の朱鷺にも魔の手がのびる。江戸闇社会の掌握を狙う一太郎との対決も山場に！

206509-3

う-28-14
維新始末
上田秀人

あの大人気シリーズが帰ってきた！　天保の改革から二十年、闕所物奉行を辞した扇太郎が見た幕末の闇。過去最大の激闘、その勝敗の行方は⁉

206608-3

う-28-15
翻弄 盛親と秀忠
上田秀人

偉大な父を持つ長宗我部盛親と徳川秀忠は、立場は違えどいずれも関ヶ原で屈辱を味わう。それから十余年、運命が二人を戦場に連れ戻す。〈解説〉本郷和人

206985-5

う-28-16
新装版 孤闘 立花宗茂
上田秀人

乱世に義を貫き、天下人に「剛勇鎮西一」と恐れられた猛将の、対島津から対徳川までの奮闘と懊悩を精緻に描いた、中山義秀文学賞受賞作。〈解説〉末國善己

207176-6

お-87-1
アリゾナ無宿
逢坂剛

時は一八七五年。合衆国アリゾナ。身寄りのない一六歳の少女は、凄腕の賞金稼ぎ、謎のサムライと賞金稼ぎのチームを組むことに⁉〈解説〉堂場瞬一

206329-7

お-87-2
逆襲の地平線
逢坂剛

〝賞金稼ぎ〟の三人組に舞い込んだ依頼。それは十年前にコマンチ族にさらわれた娘を奪還してほしいというものだった……。〈解説〉川本三郎

206330-3

お-87-3
果てしなき追跡（上）
逢坂剛

土方歳三は箱館で銃弾に斃れた――はずだった。一命を取り留めた土方は密航船で米国へ。友を、そして記憶を失ったサムライは果たしてどこへ向かうのか？

206779-0